COLLINS
COBUILD

英語語法系列

限定詞及數量詞
Determiners & Quantifiers

Roger Berry

BANK *of* ENGLISH

商務印書館

Collins Cobuild English Guides: Determiners & Quantifiers

Editorial Team

Author: Roger Berry
Founding Editor-in-chief: John Sinclair
Publishing Director: Gwyneth Fox
Editor: John Williams
Editorial Advice: Terry Shortall
Editorial Assistance: Alice Grandison
Beth Szörényi
Computer Staff: Jeremy Clear
Tim Lane
Secretarial Staff: Sue Crawley
Michelle Devereux

Collins Cobuild 英語語法系列：限定詞及數量詞

主　　編：任紹曾

譯　　者：馬博森

責任編輯：黃家麗

出　　版：商務印書館 (香港) 有限公司
　　　　　香港筲箕灣耀興道 3 號東滙廣場 8 樓
　　　　　http://www.commercialpress.com.hk

發　　行：香港聯合書刊物流有限公司
　　　　　香港新界大埔汀麗路 36 號中華商務印刷大廈 3 字樓

印　　刷：美雅印刷製本有限公司
　　　　　九龍官塘榮業街 6 號海濱工業大廈 4 樓 A

版　　次：2011 年 6 月第 3 次印刷
　　　　　© 商務印書館 (香港) 有限公司
　　　　　ISBN 978 962 07 1384 2
　　　　　Printed in Hong Kong
　　　　　版權所有　不得翻印

目錄

前言

《限定詞和數量詞》是COBUILD英語語法系列中的一本。這系列是針對英語學習者感到困難的一些專題撰寫的。

作者羅杰·貝里（Roger Berry）曾在全球三大洲、十多個國家教授過英語和應用語言學。本書是他為COBUILD撰寫的第二本書。他的前一本書《冠詞》一直是這系列廣受歡迎的奠基之作。

就某種意義而言，《限定詞和數量詞》是前一本書的續篇或姊妹篇。正如作者在《冠詞》開篇中所明確指出的那樣，定冠詞和不定冠詞可視為一更大詞類，即限定詞中的兩個最重要的成員。而限定詞又與數量詞密切相關。事實上，它們常常是同一些詞，區別僅在於其所使用的句型不同而已。因而，將兩類詞放在同一本書裏，結合它們的代詞和副詞用法一起討論是合理的。許多含有這些詞的習語也在書中進行了討論。

儘管大多數學英語的學生，甚或許多教師不熟悉"限定詞"和"數量詞"兩個術語，但它們包含了英語中一些使用頻率最高的詞。

本書的內容是這樣安排的：

第1章既討論定義和一些主要的原則問題，又按"定指性"、可與之連用的名詞種類以及它們可構成的各種搭配三個標準對單個限定詞進行分類。

第2、3兩章討論兩類主要的定指限定詞，即物主限定詞（my、your等）和指示詞（this、that等）。

第4章探討 wh- 詞限定詞（what、which、whose）及它們在疑問句和從句中的用法。

第5至第10章雖然討論了許許多多不同種類的限定詞（只要瀏覽一下目錄，便一目了然），但它們有一點是相同的，即這些限定詞都有表示數量的功能。在這些限定詞內部，又可明顯地區分為表示定量的限定詞（第5、7和10三章）和表示不定量的限定詞（第6、8和9三章）。在這幾章中，還可找到一些很實用的章節，它們將多對關係緊密的詞，如 all 和 every（第7章）、some 和 any（第6章）或 much 和 many（第8章）加以比較和對比。這些詞可給英語學習者製造麻煩，導致錯誤。

第 11 章集中討論了 several、enough 和 such 等幾個單個限定詞。這些限定詞無法明確歸入前面所討論的主要限定詞中的任何一類。

在書中，作者自始至終採取同一做法：對於每一個限定詞和數量詞，先用簡單的、非專業性語言解釋其意義和句型，然後再用真實的例句加以說明。為了便於查閱，書中印有頁邊標題。許多最重要的要點又出現在依章節順序安排的形式不同的綜合練習中，使學生可以系統地加深和復習從書本中學到的知識。在這方面，索引將有助於讀者。

如同 COBUILD 的其他所有著作一樣，本書是在研究 COBUILD 英語語料庫（現收詞已超過 3 億的龐大語料庫）中證據的基礎上撰寫而成的。書中的例子直接選自該語料庫，而單詞出現的頻率會影響它們在書中的顯著性程度。強調真實語言確保了學習者能夠觀察到以英語為母語的人是如何使用限定詞和數量詞的，然後在自己的寫作或會話中自然且令人信服地使用這些詞。

我們希望您覺得這本書對您有幫助而且用起來方便。如果您對如何改進 COBUILD 出版物有甚麼意見或建議，請寫信給我們。為了進一步便於讀者與我們通信聯繫，我們設立了 e-mail 地址(editors@cobuild.collins.co.uk)。此外，也可按下列地址寫信給我們：

COBUILD
Institute of Research and Development
University of Birmingham Research Park
Vincent Drive
Birmingham B15 2SQ

譯者的話

一、本書內容

　　《限定詞和數量詞》為 Collins Cobuild 英語系列之十。全書共計 11章，深入細緻地探討了限定詞和數量詞的各種用法。書末附有練習及索引，前者可幫助讀者鞏固已學知識，後者則方便讀者查閱。開篇伊始，作者先概述限定詞和數量詞的定義、它們在當代英語中的功能以及兩者之間的區別。隨後的第 2、3 兩章詳細介紹物主限定詞和指示詞，它們是兩類重要的特指限定詞。第 4 章專門討論 what、which 和 whose 三個 wh-詞限定詞的用法。第 5 至第 10 章全面探討各種具有表示數量功能的限定詞，如 each、both、some、many 等。其中第 5、7、10 三章討論表示定量概念的限定詞，第 6、8、9 三章涉及表示不定量概念的限定詞。第 11 章則集中探討 several、enough、such 等幾個無法歸入前面各章的單個限定詞。

二、實用價值

　　《限定詞和數量詞》具有極強的實用價值，現歸納如下：

1. 信息量大

　　本書既是一部有關限定詞和數量詞的教學參考書，又是一部關於限定詞和數量詞的專著。書中全面詳盡地討論了限定詞和數量詞的用法，包括它們作代詞、形容詞、副詞、介詞、強化語的用法以及它們所構成的固定搭配。書中還討論了美式英語、英式英語、甚至蘇格蘭英語在用法上的差異。如 a dozen 可用作限定詞，這一點毋庸置疑，但 a couple 只在美國口語中才這樣用。請看例句（1）：

（1）I haven't shaved for **a couple** days.

　　再譬如，在電話中詢問某人的身份時，美式英語為 who is this，但在英式英語中可說 who is that，儘管這種說法聽上去有些唐突，且人們更喜歡說 who is there 或 who is speaking。

　　Yon 用於英語的某些方言，特別是蘇格蘭英語中，相當於 that，用以談論某物遠離說話者。它可與單、複數名詞連用。請看例句（2）和（3）：

（2）You mean you'll take **yon** old tub out in this weather?

(3) …one of **yon** fancy foreign lagers.

作者對 yonder、 thrice、 thy 這樣一些非常正式且不再通用的限定詞的討論也反映於本書信息量大這一特色。

2. 注重比較

英語中有多對限定詞，它們的意思相近，但用法各異，這給英語學習者帶來了一定困難。本書在相關章節對這些詞進行了詳細的比較和對比，有助於讀者更好地掌握它們的異同。在 7.6 節中，作者比較了 every 和 all 的異同，認為這兩個詞的意思相近，均用來談論某物的全部，用作統指時尤為如此。請看例句 (4) 和 (5)：

(4) **Every traveller looks** for something different from a guidebook.

(5) **All snakes have** got teeth.

這兩個句子中的粗體部份可分別改為 all travellers look 和 every snake has。它們在用法上的差異可歸納為四點：① Every 通常僅與單數具數名詞連用，all 與複數具數名詞和不具數名詞連用，有時也與單數具數名詞連用。② All 有時可單獨用作代詞，但 every 從不這樣用。同樣地，all 可用作數量詞 (all of the people)，但 every 無這種用法。③ All 可直接後跟 the 和其他定指限定詞 (all his idea)，而 every 不能，不可說 every his idea，但可說 his every idea。這種表達式與 all his ideas 意思相近，但具有強調色彩，也很正式，因而不大常用。④ 在時間表達式中，every 和 all 均可用於單數具數名詞之前，但其意義不同。every day 表示所談論的所有日子，而 all day 則表示整整一天。

此外，書中還比較了 all 和 whole、 each 和 every、 a half 和 half a、 some 和 any 等多對詞的差異。

3. 配有練習

本書在正文之後配有分章習題及綜合習題。這些練習圍繞每章的要點、難點編排，旨在使讀者更好地消化和鞏固從該章中所學到的知識。在 7.4 節中，作者仔細比較了 all 和 whole 一對詞。為了使讀者更好地掌握這些內容，作者在習題中給出了五組含有 all 和 whole 的句子，讓讀者判定哪幾組句子的意思相同，哪幾組不同。如第 5 組句子為： a) Whole villages were destroyed to build the motorway. b) All the villages were destroyed to build the motorway. 這兩個句子的意思不同。a) 句強調一個個村莊被拆毀了以便修建高速公路這樣的事實。b) 句的意思是所有的村莊都被拆毀了以便修建高速公路。通過做這樣的練習,加深了讀者對這兩個詞用法上的了解。

三、本書特點

1. 例句豐富真實,讀者不僅可借助它們理解所講的語言點,而且可在特定的語境中加以運用

本書與一般語法書的最大區別在於它的所有例句均選自詞彙已達 3 億多的 Cobuild 語料庫(The Bank of English)。這説明這些例句都是以英語為母語的人所使用的英語,是真實的,讀者可以在實際生活中加以運用的英語。不像有些語法書,為了説明某些語法現象,隨意杜撰例句,全然不顧這些句子的實用性。

2. 多角度、多層次地分析限定詞的差異,使讀者對這些詞的認識更趨全面

This 和 that、these 和 those 是大家所熟悉的指示限定詞。對於它們在意義上的差異,一般是從距説話者或寫話者遠近的角度上描述的。若某物距説話者或寫話者近,可用 this 或 these,反之,則用 that 和 those。但這種解釋過於簡單,未能説明這些限定詞的其他一些用法。本書從四個方面探討這些詞的用法差別:① 空間上的近(closeness in space);② 時間上的近(closeness in time);③ 語篇內的近(closeness inside a text);④ 感情上的近(closeness in feeling)。我們以"語篇內的近"為例説明本書對這些限定詞的討論。

《限定詞和數量詞》指出:這種用法是指示限定詞的最常見用法。這裏的 this、that、these 和 those 用於指向或指稱同一語篇中別處的某物。通常,指示限定詞用於返指(referring back),如句(6),但有時也用於前指(referring forward),如句(7):

(6) Her crew had found 306 bodies. Of **these**, 116 had been buried at sea.(這裏的 these 返指上一句中的名詞詞組 306 bodies。)

(7) This is what he says of his early silence:…(這裏的 this 預指省略號所代表的內容,冒號的使用清楚地説明了這一點。)

判定 this 是返指還是預指,常常還可借助時態手段。請看例句(8)和(9):

(8) This chapter describes the contents of the annual report.(預指)

(9) This chapter has been about relaxation training.(返指)

此外，除了可指稱名詞詞組外，this 和 that 還可指稱前一句或前一段所包含的某一觀點、概念、思想等，如，句(10)；在正式和學術著作中，this 還常用作限定詞與 belief、idea、theory 等詞構成名詞詞組指稱整個前一句的內容，如句(11)：

(10) They'd been shocked by what she had to tell them, and you couldn't blame them for **that**.(這裏的 that 指稱 their being shocked)

(11) Analysis of the rock from this huge crater shows that it is most likely the result of a gigantic impact. **This belief** is strengthened by close similarities between the rock and glass beads found in Haiti.

作者最後指出：in this way 是另一種返指上文所提及內容或方式的方法。

以上所述說明指示限定詞能起銜接作用，具有組篇功能。這是從語篇層面上對這些詞展開的討論。

3. 不僅實用性極強，而且具有一定的理論價值

本書以應用為本，旨在幫助英語學習者正確掌握限定詞和數量詞的用法，為英語教學服務。在注重應用的同時，作者對一些理論問題也有涉及。語法學家一般按限定詞在名詞詞組中的相對位置將它們分為前位限定詞（predeterminers）、中位限定詞（central determiners）和後位限定詞（postdeterminers）三類，但本書作者認為這種劃分方法有其不足之處，如 such 既可用於後位限定詞之後，也可作前位限定詞置於不定冠詞之前。請看例句(12)和(13)：

(12) Is this the last of many such occasions?

(13) Mother made such a fuss about it.

Every、many 也有相似的情形。對此，前、中、後三位劃分法不能很好地進行解釋。

四、使用建議

從前面的討論不難看出，本書是一本有關限定詞和數量詞的佳作。就如何使用本書，我們提兩點建議，供大家參考。

1. 讀者既可翻閱、通讀全書，也可查詢某章某節

本書每節自成一體，可單獨閱讀並找到所需的信息，借助書中提供的真實例句掌握這些詞的意義和用法，又可將本書視為一部工具書，利用其信息量大，便於查閱的特點，獲取信息。《限定詞和數量詞》正文前有總目錄，羅列了各章各節要講的內容；每章的開始部份再次交待該章每節要討論的內容；此外，每節還印有詳細的頁邊標題，書末附有索引，讀者可以借助這些便利條件，快捷地查閱信息。

2. 在本書中，數量詞的含義與其他語法著作不盡相同

本書所指一些數量詞，可後接of、再接定指名詞詞組。如句(14)：

(14) Many of the demonstrators came armed with iron bars and hammars.

這裏所說的：定指名詞詞組既可以定冠詞 the 開始，也可以一個其他定指限定詞，如，指示限定詞或物主限定詞開始。定指名詞詞組還包括人稱代詞。此外，書中還指出：在由 both、all 和 half 一類詞所構成的數量詞結構中，of 可以省去，且意思不變。請看例句 (15) 和 (16)：

(15) He's about to lose **both the** women in his life.

(16) It is taking more than **half my** time.

《限定詞和數量詞》是一本內容豐富，例句真實，注重應用，能為讀者提供實實在在幫助的優秀教學參考書。

浙江大學
馬博森

鳴謝

我們向授權 Cobuild 語料庫（The Bank of English）使用語料的各位作者及出版人表示感謝。書面語的資料由英國及海外各地的國家及地區性報章、雜誌期刊出版社，以及英、美、澳的書籍出版社提供。大量的口語資料則由電台、電視台、大學研究員及個別人士提供。我們對上述機構及人士深表謝意。

1 概述
General Information

1.1 限定詞和數量詞

本書討論英語中最為重要的單詞中的一部份：**限定詞** (**determiners**) 和**數量詞** (**quantifiers**)。限定詞和數量詞並非兩類不同的詞。儘管本書中有些詞只用作限定詞，但大多數詞既是限定詞又是數量詞。一個單詞是限定詞還是數量詞取決於它所使用的詞的組合形式。這些組合形式將分別在 **1.2** 節和 **1.6** 節討論。此外，這些詞中的部份還可用作代詞或副詞，這些用法在 **1.7** 節和 **1.8** 節探討。

頻率
frequency

在英語使用頻率最高的單詞中，限定詞是其中的一類。例如在英語語料庫中，下列限定詞便位於 200 個出現頻率最高的單詞之列。

a,an	her	no	these
all	his	one	this
any	its	our	those
both	little	some	three
each	many	such	two
few	more	that	what
first	most	the	which
five	much	their	your
four	my		

在每一個句子中，人們可能會找到至少一個限定詞，因此，要理解英語，熟練地說或寫英語，這些詞顯然非常重要。

意義相似的限定詞
determiners with
similar meanings

這些詞之所以難掌握，原因之一是：在某些情形中它們的意義相似。在許多語言中僅有一個的限定詞的地方英語卻有兩個。本書將幫助人們弄清這些不易掌握但非常重要的差異。如：

- Much 和 many、few 和 little 等成對的詞之間的區別
- 何時使用 some 或 any
- Few 和 a few、little 和 a little 的區別
- 何時使用 all、every 或 each

• This 和 that 、 these 和 those 的區別

這些詞之所以難掌握的另一個原因是：它們中的一部份還具有與限定詞和數量詞毫不相干的其他意義和用法。如 little 還可作形容詞用；that 可作關係代詞用；one 可作人稱代詞用。本書將幫助讀者區分這些不同的用法。

1.2 甚麼是限定詞

限定詞具有兩個重要而且相關的特徵。就**結構**而言，它們是名詞詞組的第一部份，即它們位於與名詞連用的所有其他詞之前。

*About **two hundred people** gathered **this afternoon** outside **the American embassy**.*
今天下午，大約二百人聚集在美國大使館外面。

這個句子含三個名詞詞組，它們均以某種限定詞開頭：two hundred 、 this 和 the 。在最後一個名詞詞組中，形容詞位於限定詞和名詞之間。

有時名詞不帶限定詞。

***Money** was never important to him.*
他從不看重金錢。
*Your mother lives in **China** now.*
你母親現住在中國。

而有時名詞則可帶一個以上直至四個限定詞（參見 **1.9** 節）。

*Putting **all these** feelings into words was not easy.*
用文字來表達所有這些感情並不是件容易的事。

就**意義**而言，限定詞用於限定名詞，即它們將名詞與使用口語或書面語的情景聯繫起來。它們限定名詞在特定情形下所指的事物，例如：

• 它們從距離的遠近把名詞與說話者（或寫話者）和聽者（或讀者）相聯繫（this 、 that 、 these 、 those）。

• 它們通過領屬概念或某些其他密切關係將名詞與人聯繫起來（my 、 your 、 their 等）。

• 它們用數詞或分數精確指明某物的量，或者用 some 、 many 或 few 一類詞籠統地指明某物的量。

限定詞之所以位於名詞詞組之首，原因在於它們含有能幫助讀者或聽者辨明寫話者或說話者所陳述對象的信息。這些特徵常常在一定程度上是暫時的或可變的。例如 this idea 在另一種情形下或對另一個人來說可能指 that idea。換句話說，限定詞是這樣一類詞，它們可使人們將相同的名詞無限地重複使用於無窮的情景之中，以談論無數不同的事物。專有名詞由於通常僅指單個事物，因而不帶限定詞。

1.3　定指和不定指限定詞

通常，限定詞分為兩類：**定指 (definite)** 和**不定指 (indefinite)**。（在《Collins Cobuild 英語語法大全》中，這兩類限定詞分別被稱為**特指 (specific)** 和**泛指 (general)** 限定詞）。

定指限定詞
definite
determiners

使用 the、指示詞 (this、that、these、those) 和物主限定詞 (my、your 等) 一類**定指限定詞**意味着聽者或讀者已經熟悉說話者或寫話者談的是甚麼，意味着所陳述的內容是聽者或讀者已經知道的事情。

> *Make sure **the** bread is quite cool.*
> 得讓這些麵包涼透了。
> *I don't like **that** idea much.*
> 我不怎麼喜歡那個主意。
> *He shook **his** head gravely.*
> 他嚴肅地搖了搖頭。

不定指限定詞
indefinite
determiners

使用**不定指限定詞**意味着其隨後的名詞指的是人們不熟悉的事，或者說它還未作為一個獨立的實體確立下來。

> *He filled **a** glass and drank it down.*
> 他斟滿一杯，然後一飲而盡。
> *Eric suddenly got **an** idea. 'Hey, let's have **a** pool party!' he said.*
> 艾瑞克突然有個主意，他說："喂，讓我們舉辦個泳池聚會吧！"
> ***Many** shops in the capital are closed.*
> 首都的多家店舖已關閉了。
> *There are **few** things I enjoy more than walking round an old cemetery.*
> 幾乎沒有甚麼事情比繞着一座古老公墓散步令我更高興了。
> *First ask yourself **some** questions.*
> 先問你自己幾個問題吧。

which 和 what
'which' and 'what'

限定性的概念可解釋 what 和 which 用於疑問句時的區別。

What 具有非限定性，which 具有限定性。

> ***What*** *colours did you see?*
> 你看見了甚麼顏色？
> ***Which*** *idea do you think is best?*
> 你認為哪個主意最好？

Which 告知讀者和聽者應熟悉已提及的一組人或物，因而是限定性的；what 則不然。若説 which book do you want，很可能可供挑選的書有一定的範圍，而這些書是聽者所知道的。若説 what book do you want，則可供挑選的書的數量相對而言是無限的。

限定性和非限定性的界限並非總是明確的。例如 both 通常被歸入不定指限定詞一類，但它無疑具有限定性含意，指上下文中的某物或所熟悉的環境中的某物或存在於讀者或聽者腦海裏的某物。那便是為甚麼 both 和 both the 含義相同的緣故（參見 **10.1** 節）。

1.4 限定詞和冠詞

定冠詞 the 和**不定冠詞** a（和 an）也是限定詞。與其他所有限定詞一樣，冠詞位於名詞詞組的首位，起限定名詞的作用，即明確名詞指甚麼或將名詞與它的語境聯繫起來。

> *Even that was* ***an*** *error.*
> 即使那是個錯誤。
> ***The*** *rug was stained.*
> 小地毯被弄髒了。

但它們與其他限定詞有一點不同：它們不能用作量詞或代詞。可説，I like that car 和 I like that，但雖然可説 I like the car，卻不能説 I like the 。

冠詞作基本限定詞
articles as basic determiners

看待冠詞的一種方法是，依據限定性將其看作基本限定詞。即：表達具有限定性之義，但又沒有物主限定詞（my、 your 等）或指示詞（this、 those 等）一類詞的附加含義時，用定冠詞 the。同樣，不涉及其他意義時， a 和 an 用於表示非限定性。

冠詞的頻率
frequency of articles

冠詞比其他限定詞更常用。The 是英語中使用頻率最高的詞，a（與 an）的使用頻率排在第四位。由於這個原因，特別是由於 the 具有許多不同但又相互聯繫的用法，不可能在這樣一本書裏徹底討論它們，請參閱《Collins Cobuild 英語語法系列 3：冠詞》，該書專門討論冠詞。

零冠詞
zero article

有些書使用**零冠詞**表示名詞前沒有冠詞的情形。語言學家引入這一概念意在說明所有的名詞詞組都有這樣或那樣的限定詞，有時，限定詞以零表示。這使得他們對英語的解釋更加確切。不過，這樣做會令人困惑，特別是它未說明為何有些名詞詞組含有一個以上的限定詞。本書不談零冠詞（或**零限定詞**），但有時會把含限定詞，如some的句子與不含限定詞的句子進行簡明易懂的比較。

1.5 名詞的種類

以限定詞的用法來說，名詞的種類非常重要。許多限定詞只能與特定種類的名詞連用。大致說來，有兩個重要的因素：名詞是具數的還是不具數名詞；如果是具數的，那麼，是單數名詞還是複數名詞。

不具數名詞
uncount nouns

不具數名詞指 sugar、bread 和 honesty 一類僅以單數形式出現且不可數的名詞。即不可說 a sugar 或 two breads 或 three honesties。不具數名詞通常適用於表示抽象概念和被視為無法加以分割的物質。不具數名詞還包括 furniture 和 information 等一些在其他語言中屬具數名詞的詞。

> *He had only **bread** and **soup** for Sunday dinner.*
> 星期天晚餐他只能吃麵包、喝湯。
> *I've just bought some new **furniture**.*
> 我剛買了一些新傢具。
> *He had neither **charm** nor **humour**.*
> 他既無魅力又不幽默。

這裏不可說 breads、soups、furnitures、charms 或 humours。

具數名詞
count nouns

具數名詞指那些可數且既能用單數形式又能用複數形式的名詞。例如可說 one dog、one pen 或 one idea，也可說 two dogs、two pens 和 two ideas。

> *I can't afford a **car**.*
> 我買不起汽車。
> *We want **answers**.*
> 我們需要答案。
> *I have two younger **brothers** and one **sister**.*
> 我有兩個弟弟和一個妹妹。

依照名詞的種類分
類的限定詞
determiners
grouped
according to type
of noun

限定詞可依照與何種名詞搭配使用分為若干類。

- 有些限定詞可與所有種類的名詞連用。例如my、your（和其他物主限定詞）、which、what、whose 以及any、some（依據特定用法）和 no。

- 有些限定詞可與複數具數名詞和不具數名詞連用，但不能與單數具數名詞連用。例如all、enough、more 和most。

- 有些限定詞可與單數具數名詞和不具數名詞連用，但不能與複數具數名詞連用。例如this 和that。

- 有些限定詞僅與單數具數名詞連用。例如each、either、every 和neither。

- 有些限定詞僅與複數具數名詞連用。例如both、many、several、few、these 和those。

- 有些限定詞僅與不具數名詞連用。例如much、little、a little、less 和least。

沒有一類限定詞可與單數和複數具數名詞連用，但不能與不具數名詞連用。

這些可能性與局限性將在後面各章詳述。此外，本書的16～17頁配有一覽表。

有時，上述規則也有例外的情形：例如可以説she's all heart，這裏，all 好像與單數具數名詞連用（one heart、two hearts）。事實上，單詞heart 在這種情形下已被轉化成了不具數名詞，表示含比喻意義"仁慈"的事物。

*One sister was **all head**, the other **all heart**.*
一個姐姐很有理智，另一個則非常友善。

1.6 甚麼是數量詞

在有些書中，**數量詞**指some、many、much、few 或little 一類指明某物數量的詞。

在這本書裏，數量詞的含義略有不同，它指可用於特定形式的詞，即指那些後隨 of，再接特指名詞詞組的詞。

Many of the demonstrators came armed with iron bars and hammers.
示威者中有許多人來時攜有鐵棒和錘子。
You can fool all of the people some of the time.
你只能愚弄所有的人於一時。

特指名詞詞組可以定冠詞the開始（如上），也可以前面 **1.3** 節中談過的其他某個特指限定詞，如以指示詞或物主限定詞開始。

Each of these types has a different penetrating power.
這些類型中的每一種都具有不同的穿透力。
Some of their language is explicit.
他們的一些粗話講得有些露骨。

特指名詞詞組還包括諸如 us 或 them 一類人稱代詞。

I feel sorry for both of us.
我為我們兩個感到惋惜。
Some of them have been doing steady business ever since.
從那時以後他們中的一些人生意做得一直很平穩。

上面所有例句中使用的數量詞與泛指限定詞相同，表明後隨名詞詞組的特定數量。作特指限定詞的詞通常不能作數量詞。例如不能説 these of the people are tall。

對 both、all 和 half 一類詞而言，數量詞結構有一替代結構，這便是省去 of 而意義不變。

He's about to lose both the women in his life.
他馬上就會失去生活中的兩位女人了。
You need not worry about memorizing all these prepositions.
你不必為記憶所有這些介詞而擔心。
It is taking more than half my time.
這件事正在花去我大半的時間

這類詞有時被稱為**前位限定詞**（參見後面 **1.9** 節）。但對大多數詞而言，of 不能省去。數量詞結構無替代結構。例如不能説 some their language is explicit（當然，可説 some language is explicit，但意思將會不同）。

第 16～17 頁的一覽表裏指明了哪些詞可作數量詞。

1.7 代詞用法

除了作限定詞和數量詞之外，本書中的大多數詞也可作**代詞**。哪些詞可作代詞列在 **1.10** 節中的一覽表裏。當然，除這裏討論的代詞之外，英語裏還有許多其他代詞。

代詞是可代替名詞詞組的詞。代詞指代哪個名詞詞組可從上下文中、語境或一般知識中清楚地知道。

*The hostages are very tired and have had no food. **Some** have been slightly injured.*
人質既非常疲勞又沒有食物吃，有些人還受了輕傷。

在這個例句中，some 指代 some of the hostages。這一點從第一句中可清楚地看出。

不能作代詞的限定詞
determiners which cannot be pronouns

冠詞 a、an 和 the 不能作代詞。No 和 every 也不能作代詞。不能説 they have lots of money；we have no 或 I liked them so much，I bought every。No 有一個與其意義相同的代詞：none（參見 **6.4** 節）。Every one 有時是 every 一詞的代詞形式（參見下文）。

物主代詞
possessive pronouns

除 his 之外，物主限定詞還有相應的代詞形式。His 既是限定詞又是代詞。相應的代詞形式列在第 16～17 頁的一覽表中。

正式性
formality

對於某些這類代詞的用法可能會有限制。有時，它們會顯得正式，如 all 和 much 兩詞的用法。

***All** will be revealed.*
一切都會被揭示出來的。
***Much** depends on the weather.*
很大程度上取決於天氣。

複合代詞
compound pronouns

Some、any、every 和 no 構成若干複合代詞的一部份。以 -one 或 -body（意義沒有差異）結尾的複合代詞用於指人。以 -thing 結尾的複合代詞指物。

someone	anyone	everyone	no one
somebody	anybody	everybody	nobody
something	anything	everything	nothing

還有一組以 -where 構成的複合副詞。

somewhere	anywhere	everywhere	nowhere

這些複合詞的意義與 some、any、every 和 no 單獨使用時的意義有聯繫。例如 everybody 與 every person 意義相同；anywhere 的意思是 in any place。

使用含 one 的替代結構
alternatives with 'one'

有時，可用限定詞後隨 one 而不用代詞，如 each one。

Each one has to be looked at on its own merits.
每一個都必須依據事實真相來考慮。

這些使用含 one 的替代結構與上文提到的複合代詞的意思並不
相同。例如 every one 與 everyone 不同。（但請注意，代詞 no
one 通常書寫成兩個單詞。）進一步的論述可在相關章節查到。

1.8 限定詞和數量詞的其他特徵

副詞用法
adverb usage

在本書所討論的詞中，有幾個也作副詞，這時它們修飾動詞、形
容詞或其他副詞。它們的意義與它們作限定詞或數量詞時的意義
相似。

Will it always be **this** hot?
天氣一直會這麼熱嗎？
I can't believe he was **that** good an actor.
我簡直不敢相信他是那麼好的一位演員。
Landlords say they will not wait **any** longer.
房東們説他們不能再等了。
My back feels **all** achy.
我的背感到疼極了。
It didn't hurt **much**.
不怎麼痛。
Grapes may be **more** acceptable.
葡萄可能會更受歡迎。
That was the **most** important thing.
那是最重要的事情。
Lili opened her eyes **a little** wider.
莉莉將眼睛睜大了一些。
If you feel confident you will be **less** anxious.
如果你感到有信心，焦慮就會更少一些。
This offers the **least** painful compromise for the human race.
這個為人類提供了痛苦最少的妥協。
You've come to my rescue often **enough**.
你前來幫助我的時候真多。
He is **quite** interested in politics.
他對政治相當感興趣。
The reality was **rather** different.
現實則非常不同。

對這些詞中的 more、less、quite 和 rather 等詞而言，副詞用
法實際上最常見。所有可作副詞用的詞列在第 16～17 頁的一覽
表裏。這些用法將在相關章節中進一步論述。

All 、 both 和 each 可出現在句中不常用的位置上，與名詞詞組隔開使用。

*We'd **all** like to make easy money.*
我們大家都喜歡賺容易得來之錢。
*Liver and eggs are **both** good sources of natural iron.*
肝臟和雞蛋均為鐵元素的主要來源。
*The sergeants **each** carried one.*
中士們每人攜帶一隻。

在這些例句中，all 指 we、both 指 liver and eggs、each 指 the sergeants。有關這種用法的更多信息可在相關章節查到。

某些限定詞只能用於**非肯定語境**。非肯定語境指的是否定句等語境。在否定句中，對正在談論的事物的存在不予以承認或肯定。這影響到 any 和 much 兩詞的使用，對 many 一詞也有某種程度上的影響。因此，在英語中這些句子不會有相應的肯定形式。

*I can't see **any** reason for this.*
我看不出做這件事的任何理由。
*She has **never** needed **much** sleep.*
她從不需要很多睡眠。

其他非肯定語境包括疑問句、條件句、以及位於 few、little、hardly、only、seldom、without、fail 或 prevent 一類具有否定概念的詞之後的情形。

*Did it play **any** role at all in the presidential campaign?*
這件事在總統選舉中起作用嗎？
*Go slowly to see if there are **any** places where it is sticking.*
慢慢移動看看是否有甚麼地方會卡住。
*Very few all-girl bands have had **much** success in Australia.*
在澳大利亞僅有極個別清一色女子樂隊獲得很大成功。
*In recent years it has hardly been the source of **much** national pride.*
在最近幾年，這幾乎未成為激發極大民族自豪感的源泉。
*Then he moved forward without fear, without **any** emotion.*
然後他毫無懼色、毫無情感地向前移去。
*The leadership's moderate stance has failed to win it **any** political benefits.*
領導者的溫和立場未能贏得任何政治利益。

Much 可用於肯定語境，但這時的用法是正式的。

*The square was the scene of **much** fighting.*
該廣場是許多戰鬥進行的地方。

在相同的情況下，有些人也認為 many 的用法相當正式。

*They have got **many** things in common.*
他們有許多相同之處。

除了這些限定詞和數量詞之外，英語中還有其他一些詞和表達法，他們用於某些意義時，只用在非肯定語境中，如 yet、ever 和 at all。

正式性
formality

正式性也是限定詞用法中的一個重要因素。上文剛剛提到了 much 和 many 在肯定語境中的正式用法。Much 和 all 作代詞的正式用法也在前面提到了（參見 **1.7** 節）。一般而言，正式性的程度由語言使用的情況決定。在正式情形中，如嚴肅的書面語和某些口頭語（例如正式的演講），人們準備得更充分，對正確性一類概念更重視。但在非正式情景中，情況並非如此。

Less 與複數具數名詞連用來替代 fewer 被某些人視為非正式，另一些人則視其為不可接受（參見 **9.2** 節）。

*I did expect more food and **less** people.*
我們的確期望食物更多而人更少。

還有許多數量表達式，如 a lot of 和 plenty of，它們在某種程度上是非正式的（參見 **8.8** 節）。

*There is **plenty of** the stuff about.*
周圍有許多東西。

修飾限定詞
modifying
determiners

用副詞修飾限定詞非常常見。

*The side effects made her sleep **nearly all** the time.*
副作用幾乎使她一直處於睡眠狀態。
*There are **very few** films of this sort.*
這類影片數量極少。
*I had **hardly any** strength left.*
我幾乎沒有剩下多少力氣了。

修飾限定詞的常用方法在相關章節講述。

1.9 限定詞的組合

一個名詞詞組可有一個以上的限定詞。兩個限定詞有若干可能的組合。這些組合將在不同章節討論。還有一些三個限定詞連在一起的可能性組合，如 all the many possibilities。其實，從理論上說四個限定詞也可連在一起使用，如 all the many such possibilities。通常,從限定詞可能佔據的三個位置的角度解釋二個或三個限定詞連用時的順序。(這一方法存在若干問題,這些問題將在下文討論。)

中位限定詞
central
determiners

可出現在中間位置的詞有時被稱做中位限定詞。**中位限定詞**包括最常用的限定詞:冠詞、指示詞和物主限定詞。

*They took him with them to all **the** many addresses.*
他們帶他去了所有的那許多場演講。
*If even half **these** 24 MPs are declared bankrupt the Government could lose its majority.*
即使這二十四名國會議員中有一半宣佈失敗,政府也可能會失去其在議會中的多數席位。
*He kept the highest standards in all **his** many roles.*
在他所承擔的許多角色中,他都保持做到了最好。

the 之前的
前位限定詞
predeterminers
in front of 'the'

可出現在中位限定詞之前的詞有時被稱做**前位限定詞**。下列詞可直接置於 the 或其他特指限定詞之前:all、both、half 和倍數詞(twice、three times 等)。

***Both his** parents are still alive.*
他的雙親都還健在。
***All the** ironing is done.*
所有待熨平的衣服都熨好了。
***Half the** building was in flames.*
整幢大樓有一半在着火。
*And of course you get **twice the** profit.*
當然你會獲得兩倍的利潤。

其他分數(one third、two-fifths 等)極少作前位限定詞。可説 one third the amount,但不能説 one third the building(關於這一點,詳見 **5.5** 節)。

a 之前的前位限定詞
predeterminers in
front of 'a'

許多前位限定詞可用於不定冠詞和單數可數名詞之前:half、such、many、what(用於感嘆句)、rather 和 quite。

*I ordered **half a** pint of lager.*
我要了半品脱淡啤酒。
*Mother made **such a** fuss about it.*
母親對此小題大做。
*There could be **many a** slip before his ultimate end was achieved.*
在他的最終目標達到之前有可能功敗垂成。
***What a** mess we have made of everything!*
我們把一切事情都搞得多糟啊!

*It was **rather a** pity.*
這真是件憾事。
*He makes **quite a** noise.*
他名噪一時。

Many a、such a和what a均可在某種程度上被視為特殊情況。Many和such還常常用於其他限定詞之後。What 作為限定詞還有其他用法，在這些用法中，what 不用於不定冠詞之前。此外，many a異乎尋常地將單數和複數結合起來。儘管它具有複數概念，但只與單數動詞連用（參見 **8.3** 節）。

後位限定詞
postdeterminers

可出現在中位限定詞之後的詞有時被稱作後位限定詞。後位限定詞包括 many、few、little、several、every 和數詞。

*No one can be blamed for the **many** errors of fact.*
事實真相這麼多的差錯怪不得任何人。
*The **few** survivors staggered bleeding back into camp.*
那幾個為數不多的幸存者流着血、踉踉蹌蹌地返回了營地。
*So why do his words carry such **little** weight?*
那麼，他的話為甚麼份量如此之輕呢？
*I need to sell these **four** boxes of fruit.*
我需要賣掉這四箱水果。

不能與其他限定詞
連用的詞
words which
cannot combine
with other
determiners

有些詞從不或極少與其他限定詞連用。這些詞包括 either、neither、each 和 enough。例如不能説 I like these neither ideas。有時可用含 of 的數量詞結構代之。

***Neither of these ideas** has yet been put into action.*
這些主意中還沒有一個被付諸實施的。

有時，有兩個可能的結構：一個含數量詞，另一個是限定詞的組合：many of the people 和 the many people。但它們的意義不同。Many of the people 指一特定羣體中的一大批人（許多人）；the many people 指一個大的特定羣體。

可置於不同位置的
限定詞
determiners
which can have
different
positions

對限定詞的順序採取上述三位法解釋存在許多問題，因為有些詞可置於不同的位置。

• Every可置於few之前，但也可用於物主限定詞之後（意義不同）。

***Every few** days there seemed to be another setback.*
每隔幾日似乎就有一次挫折。
*Television cameras would be monitoring **his every** step.*
電視攝像機將監視他的一舉一動。

- Such 可置於 many 等後位限定詞之後，但也可置於不定冠詞前作前位限定詞。

  *Is this the last of **many such** occasions?*
  這是許多這種情形中的最後一次嗎？
  *Mother made **such a** fuss about it.*
  母親對此小題大做。

- Many 既可作前位限定詞置於不定冠詞之前，也可作後位限定詞置於特指限定詞之後。

  ***Many a** successful store has paid its rent cheerfully.*
  許多成功的店舖都非常樂意地付了房租。
  *None of **her many** lovers seemed to want to marry her.*
  在她的許多情人中似乎沒有一個願意娶她的。

這些情形均在相關章節討論。

a few 和 a little
'a few' and
'a little'

A few 和 a little 不被視作兩個限定詞的組合，而被視為單個限定詞。這是因為與它們連用的名詞類型（複數和不具數）一般不與不定冠詞 a 連用。

兩個限定詞的
常見組合
common
combinations of
two determiners

下面是兩個限定詞的常見組合：

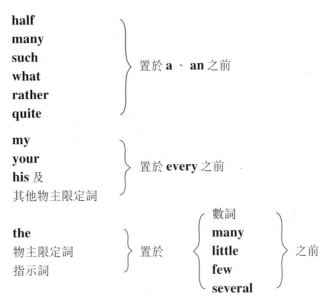

half	
many	
such	置於 **a**、**an** 之前
what	
rather	
quite	

my	
your	
his 及	置於 **every** 之前
其他物主限定詞	

the		數詞
物主限定詞	置於	**many**
指示詞		**little** 之前
		few
		several

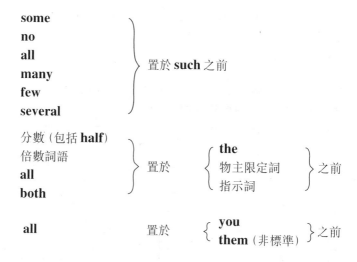

some
no
all
many
few
several
} 置於 **such** 之前

分數 (包括 **half**)
倍數詞語
all
both
} 置於 { **the** / 物主限定詞 / 指示詞 } 之前

all 置於 { **you** / **them** (非標準) } 之前

其他組合
other
combinations

下列是一些其他的可能性組合：

some more	much more
some few	much less
any more	many more
any less	many fewer
any fewer	rather few
no more	quite few
no less	quite a few
no fewer	

關於所有這些組合，詳見有關章節。

1.10　限定詞特徵小結

第 16～17 頁上的一覽表小結了限定詞的最主要的特徵。前三欄說明每個詞可作數量詞、代詞還是副詞。因一覽表中的所有詞都是限定詞，所以未單獨列出這一欄。接下來的三欄說明每個詞與具數名詞的單數、複數連用，還是與不具數名詞連用。勾形號 (✓) 表明這個詞可用於表中所標出的用法，叉形號 (✗) 則表明這個詞不能用於表中所標出的用法。最後一欄說明在本指南的哪一章節可查到有關某個詞的詳細討論。

由於數詞、分數和倍數等詞類數量無限，所以不包括在本表中。

Own 和複合限定詞 whatever、 whichever 等也不包括在本表中。

限定詞的特徵表

表中標出 **any**ᵃ 和 **any**ᵇ 的兩行代表了 **any** 的兩種不同意義。同樣，**what**ᵇ 指 **what** 在感嘆句中的用法，**what**ᵃ 指 **what** 的其他用法。

	數量詞	代詞	副詞	單數具數名詞	複數具數名詞	不具數名詞	章節
all	✓	✓	✓	✗[1]	✓	✓	7.1-7.4 節
anyᵃ	✓	✓	✗	✗	✓	✓	6.3 節
anyᵇ	✓	✓	✗	✓	✓	✓	7.9 節
both	✓	✓	✗	✗	✓	✗	10.1 節
each	✓	✓	✗	✓	✗	✗	7.7,7.8 節
either	✓	✓	✗	✓	✗	✗	10.2 節
enough	✓	✓	✓[2]	✗	✓	✓	11.2 節
every	✗	✗	✗	✓	✗	✗	7.5,7.6 節
a few	✓	✓	✗	✗	✓	✗	9.4 節
few	✓	✓	✗	✗	✓	✗	9.4 節
fewer	✓	✓	✗	✗	✓	✗	9.5 節
fewest	✓	✓	✗	✗	✓	✗	9.5 節
her	✗	hers	✗	✓	✓	✓	2.1-2.3 節
his	✗	✓	✗	✓	✓	✓	2.1-2.3 節
its	✗	✓[3]	✗	✓	✓	✓	2.1-2.3 節
least	✓	✓	✓	✗	✗[4]	✓	9.2,9.3 節
less	✓	✓	✓	✗	✗[4]	✓	9.2,9.3 節
a little	✓	✓	✓	✗	✗	✓	9.1,9.3 節
little	✓	✓	✓	✗	✗	✓	9.1,9.3 節
many	✓	✓	✗	✗	✓	✗	8.1,8.3,8.5 節
more	✓	✓	✓	✗	✓	✓	8.7 節
most	✓	✓	✓	✗	✓	✓	8.7 節
much	✓	✓	✗	✗	✗	✓	8.1,8.2,8.4,8.5 節
my	✗	mine	✗	✓	✓	✓	2.1-2.3 節
neither	✓	✓	✗	✓	✗	✗	10.3 節
no	✗[5]	✗[5]	✗	✓	✓	✓	6.4 節
our	✗	ours	✗	✓	✓	✓	2.1-2.3 節

	數量詞	代詞	副詞	單數 具數名詞	複數 具數名詞	不具數 名詞	章節
quite	✗	✗	✓	✓[6]	✗	✗	11.5 節
rather	✗	✗	✓	✓[6]	✗	✗	11.5 節
several	✓	✓	✗	✗	✓	✗	11.1 節
some	✓	✓	✗	✗[7]	✓	✓	6.1,6.2 節
such	✗	✗	✗	✓[6]	✓	✓	11.3 節
that	✗	✓	✓	✓	✗	✓	3.1-3.3 節
their	✗	theirs	✗	✓	✓	✓	2.1-2.3 節
these	✗	✓	✗	✗	✓	✗	3.1-3.3 節
this	✗	✓	✓	✓	✗	✓	3.1-3.3 節
those	✗	✓	✗	✗	✓	✗	3.1-3.3 節
us	✗	✓	✗	✗	✓	✗	3.4 節
we	✗	✓	✗	✗	✓	✗	3.4 節
what[a]	✗	✓	✗	✓	✓	✓	4.1-4.4 節
what[b]	✗	✗	✗	✓[6]	✓	✓	11.4 節
which	✓	✓	✗	✓	✓	✓	4.1-4.4 節
whose	✗	✓	✗	✓	✓	✓	4.1-4.4 節
you	✗	✓	✗	✗	✓	✗	3.4 節
your	✗	yours	✗	✓	✓	✓	3.4 節

註釋

1. All 可與某些具數名詞的單數連用。

2. 作為副詞，enough 用於它所修飾的形容詞或副詞之後。

3. 作為代詞，its 極少使用。

4. 對某些人來說，less 和 least 與具數名詞的複數形式連用是可接受的。

5. 在某些方面，none 相當於 no 的數量詞和代詞形式。

6. 與具數名詞的單數形式連用時，quite、rather、such和what（在這個意義上）必須後接 a 或 an。

7. Some有一些不太常用的用法。在這些用法中，some可與具數名詞的單數形式連用（參見第六章）。

17

2 物主限定詞
Possessive determiners

my 、 your 、 his 、 her 、 its 、 our 、 their my own 、 your own 、 his own 等

將上面的單詞或表達式與人聯繫起來是指明或"限定"名詞的最明顯的方法之一。這也是這些詞或表達式的作用所在。它們常常被稱為"物主形容詞",但事實上,它們不是形容詞而是限定詞。

事實上,領屬這一概念極大地限制了這些詞的範圍。它們涵蓋了人與名詞之間關係的方方面面。這些在 **2.2** 節和 **2.3** 節描述。

例如 your book 可表示屬於你的那本書、你所寫的那本書、老師借給你的那本書等等。 Your horse 可表示你所擁有的那匹馬、你正在騎的那匹馬或者你押了一些賭金的那匹馬。在許多情況下,領屬這個概念其實根本就不適用,如 your father 、 your chances 、 your boss。還有一些名詞詞組表示某人所引起的或經歷的某個行為或涉及那個人的某種狀態,如 my victory 、 her arrival 、 his dismissal 、 their absence。

使用物主限定詞時,由於"擁有者"已被提及,聽者或讀者可辨別出所指是誰或甚麼。

*A moment later there was a knock at **my door**.*
過了一會,有人敲我的門。
*The reports ought to be on **your desk** by now.*
此刻報告應該已在你的桌上了。
*He paused, and shook **his head** gravely.*
他稍停頓了一下,然後很嚴肅地搖了搖頭。
*The Duchess hurled down **her pen**.*
公爵夫人用力扔下了手中的筆。
*The word has found **its way** into the dictionaries.*
該詞已進入詞典。
*He treats **our living room** as if it's a pig sty.*
他把我們的起居室當成豬圈了。

*I walked down the street where I thought **their house** should be.*
我沿街走到了自認為是他們家房子所在的地方。

這些句子中的物主限定詞可告知聽者或讀者所談論的是哪個門、桌子、頭、鋼筆、途徑或房子。所指的人要麼從整個上下文可得到確認,要麼由於文中(如the Duchess)已經提及而得到確認。在最後一個例句中,their可理解為指前面所提及的一些人。

這些詞在下面幾節討論:

2.1　物主限定詞的用法
2.2　物主限定詞的意義
2.3　物主限定詞與表示動作或事件的名詞連用
2.4　物主限定詞與 own 連用

2.1　物主限定詞的用法

My 可將名詞詞組與說話者(或寫話者)聯繫起來。**Our** 可將名詞詞組與說話者及他人聯繫起來。**Your**可將名詞詞組與某個聽者(或讀者)或多個聽者聯繫起來。**His**、**her**、**its**(單數)和 **their**(複數)可將名詞詞組與其他既非說話者又非聽者,但可以某種方式確認的人們聯繫起來。

與人稱代詞的關係
relationship to
personal pronouns

這七個詞與人稱代詞的關係如下:

	主語人稱代詞	賓語人稱代詞	物主限定詞	物主代詞
第一人稱單數	I	me	**my**	mine
第二人稱	you	you	**your**	yours
第三人稱單數陽性	he	him	**his**	his
第三人稱單數陰性	she	her	**her**	hers
第三人稱單數非人類的	it	it	**its**	-
第一人稱複數	we	us	**our**	ours
第三人稱複數	they	them	**their**	theirs

表中的最後一欄為物主代詞,下面加以討論。

記住 its 無撇號(')。如果有撇號(it's),則為 it is 或 it has 的縮約式。這一點很難記,事實上,許多以英語為母語的人覺得這一點易於混淆。

<table>
<tr><td>無形式變化
no changes in
form</td><td>無論名詞詞組是單數還是複數、具數還是不具數，物主限定詞的
形式不變。與某些語言一樣，它們沒有形式變化。</td></tr>
</table>

*I went back into **my bedroom**.*
我回到了自己的卧室。
*I was dancing with both children in **my arms**.*
我抱着兩個孩子跳舞。
*It urged the government to follow **my advice**.*
這促使政府聽從我的勸告。

<table>
<tr><td>不作代詞
not as pronouns</td><td>與大多數限定詞不同，物主限定詞不作代詞用，唯一的例外為
his。His 既作限定詞又作代詞。在其他情況下，所用的詞不
同，如上表最後一欄所示：mine、yours、hers、ours 和
theirs。</td></tr>
</table>

*They were in the room next to **mine**.*
他們在我隔壁的房間裏。
*Everything I have is **yours**.*
我所擁有的一切都是你的。
*He looked up and saw which window was **his**.*
他向上仰望，看哪個窗戶是他的。
*Is it his money or **hers**?*
這是他的錢還是她的錢？
*All your neighbours are noisier than **ours**.*
你們的所有鄰居都比我們的吵鬧。
*But the risk is not **theirs**.*
但他們並無危險。

將 its 用作物主代詞的情形很少見。像 the dog starts eating our food when its is finished 一類句子極為罕見。

<table>
<tr><td>注意
WARNING</td><td>物主限定詞本身已具限定性，所以不能與 a（因為這樣用會自相
矛盾）或 the（因為這樣用是多餘的）連用。不可說 a my friend
或 the my friend。不過，如果想表達非限定性概念，可說 a
friend of mine，複數為 friends of mine 或 some friends of
mine。</td></tr>
</table>

*She called in **a friend of hers**.*
她請來了她的一位朋友。
*I saw **a cousin of yours** yesterday.*
我昨天看見了你的一個堂兄弟。
***Some friends of ours** had a cottage at Boggle Hole.*
我們的一些朋友在鮑溝洞擁有別墅。

例如，若說 her friend，所談論的朋友只可能有一個。A friend

of hers 指她可能有的幾個朋友中的一個。

當動詞的 -ing 形式作名詞（有時也稱動名詞）時，它們的前面用
甚麼形式還存有爭議。物主限定詞和賓語人稱代詞均可使用。

*He doesn't mind **my hanging** round the kitchen.*
他不介意我在廚房逗留。
*Do you mind **me talking** to you like this?*
你介意我這樣同你説話嗎？

對某些人來説，使用 me 是錯誤的，對另一些人來説，my 顯得
非常正式。

物主限定詞可用於 all、both 和 half 之後。

***All my** other patients are fine.*
我的所有其他病人都很好。
*He rested **both his** hands on the back of the chair.*
他將兩手放在椅背上。
*Over **half our** sugar intake comes from snack foods.*
我們所攝入的糖超過一半來自小食。

選用 of 也是可以的：all of my other patients；both of his
hands；half of our sugar intake，而且，意思不變。

還有一個物主限定詞 **thy**，不過已經過時，只有在非常古老的文
本裏（如《聖經》）或在那些試圖顯得非常古老的文本裏才能找
到。它用於第二人稱單數。

*Let not an enemy be **thy** neighbour.*
不要讓敵人做你的鄰居。

還有一種形式，作用很像物主限定詞。這便是**領屬格 's**。領屬格
's 與名詞詞組連用同樣表示"領屬"概念。

***Mother's** cooking was horrible.*
母親的烹調水平很差。
*And that is just the start of **John Major's** troubles.*
那只是約翰‧梅傑麻煩的開始。
*They were led up to the altar to view **the cathedral's**
treasures.*
他們被領上祭壇去看大教堂的珍寶。

這種形式後面也可不接名詞。

*The handbag was her **mother's**.*
手提包是她母親的。

2.2　物主限定詞的意義

當物主限定詞與名詞連用時，它們涵蓋了名詞與所涉及的人之間的許多關係。下面討論其中的一些關係。

• 物體為某人所擁有

使用物主限定詞可表示某人是所涉及事物的所有人。

> *Even the cost of getting **your car** back to your home is covered.*
> 甚至連將你的車弄回家的費用都包括了。
> *He'd also taken **his CDs**, **his CD player**, and **his radio**.*
> 他還攜帶了他的 CD 盤、CD 播放機和收音機。
> *What's **your dog** called?*
> 你的狗叫甚麼？

• 人體部位

物主限定詞與人體部位連用可使它們與所涉及的人聯繫起來。

> *I might even break **your arm**.*
> 我甚至會折斷你的手臂。
> *The sun was shining right into **our eyes**.*
> 陽光正好照着我們的眼睛。

物主限定詞通常是必不可少的，即使擁有者已經提及。

> *She shook **her head**.*
> 她搖了搖頭。
> *She could see **him** sprawled flat on **his back**.*
> 她能看見他四肢伸張，仰面直挺挺躺着的樣子。

在第一個例句中，若用 she shook the head 則表示另一個人的頭而不是她的頭。

人體部位與 the
連用
body parts with
'the'

但有一些使用定冠詞的情況。人們也許會期望這些情況用物主限定詞。

> *The Duchess patted her on **the head**.*
> 公爵夫人拍了拍她的腦袋。
> *He took her by **the hand** and led her into the next room.*
> 他抓住她的手，把她領進了另一個房間。
> *A youth was paralysed after being shot in **the neck**.*
> 一個年輕人被射中脖子後癱瘓了。
> *He said he'd got a pain in **the chest**.*
> 他説他胸部疼痛。

這種情況通常發生在 the 前面還有一個表明身體部位位置的介詞

（on、by 或 in）。如果身體部位作為一個整體受到影響，則不能這樣用。不可説，I broke her on the arm。此外，還必須明確誰是 "擁有者"（如上面例句中的 her、a youth 和 he）。説 patted her on her head、took her by her hand 等是不必要的，甚至是囉嗦的。但可以説 patted her head 或 took her hand。

但有時在這種情況下可用物主限定詞。

> *I feel a pain in **my neck** whenever I lift heavy objects.*
> 每當我舉起重物時會感到脖子疼痛。

也可説 I feel a pain in the neck。

《Collins Cobuild 英語語法系列 3：冠詞》詳細討論這個問題。

- 私人關係

物主限定詞與指私人關係，包括家庭成員的名詞連用可提及相關人員。

> *I have done nothing to hurt **your brother**.*
> 我未幹過任何傷害你兄弟的事情。
> ***Our boss** is a fresh air fanatic.*
> 我們的老闆是位對新鮮空氣着迷的人。
> ***Your doctor** may be able to help.*
> 你的醫生也許可以幫忙。

- 個人屬性

可用物主限定詞把諸如年齡、身高和體重一類個人屬性與人聯繫起來。

> *It's not a question of **your age**.*
> 這不是你年齡方面的問題。
> *He was sensitive about **his height**.*
> 他對自己的身高很敏感。
> *What do they think of **your accent** in Scotland?*
> 在蘇格蘭，人們怎麼評論你的口音？

- 個人感情和想法

可用物主限定詞把感情和想法與擁有這些感情或想法的人聯繫起來。

> *The car crash shattered **her hopes** of competing at the Olympic Games.*
> 車禍使得她想參加奧運會的希望破滅了。

*Too many people blame **their failings** and **their unhappiness** on luck.*
太多的人把他們的失敗和不幸歸咎於運氣。
*Scientists have taken a great interest in **his ideas**.*
科學家們對他的觀點很感興趣。

- 與個人有牽連的事

這一類包括某人與某事有一般聯繫的各種可能性。

*Punters come up and ask How did **my horse** do?*
下賭注者走上前來詢問"我的馬成績如何？"
*Tell them how **your day** has been.*
告訴他們你這一天過得如何。
*You cannot go into **our classroom**.*
你不能走進我們的教室。
*She knew the reality that was **her London**.*
她了解自己所在的倫敦的現實。

上面最後一個例句可能指她的經歷或她對倫敦的看法，也可能指她非常熟悉的倫敦的某些地方。

2.3 物主限定詞與表示動作或事件的名詞連用

有時，置於物主限定詞後的名詞可與表示動作或事件的動詞聯繫起來。例如若談論his arrival，則暗含着他已到達、正在到達或將要到達。用名詞詞組表示動作可使人們很方便地談論動作，如可為此感謝某人。

*Thank you for **your call**.*
謝謝你打來電話。

有許多語法關係可以這種方式來表示。兩種最明顯的關係是物主限定詞所指的人作動詞的主語或賓語。

- 主語

物主限定詞所指的人可作動詞的主語。

*She sent a telegram announcing **her arrival**.*
她發了一封電報，通報她已到達。
*I thank you for **your cooperation**.*
我感謝你的合作。
***Our struggle** is hard but **our victory** is certain.*
雖然我們的鬥爭很艱苦，但我們無疑會取得勝利。

*Liu Bang ruled the state of Han and after **his defeat** of Xiang Yu, established the Han dynasty.*
劉邦統治漢國，他擊敗項羽後，建立了漢朝。

物主限定詞所指的人做了某事：打電話、到達、合作、鬥爭、獲勝或擊敗。（注意，defeat 也可作賓語名詞，如下面第 1 個例句，但其後的介詞是 by，不是 of。）

• 賓語

物主限定詞所指的人作動詞的賓語。

*He blamed his back for **his defeat** by Carl Lewis.*
他把自己敗給卡爾·劉易斯歸罪於他的背。
*They congratulated her on **her election**.*
他們祝賀她當選。
*If you ever strike me, it will mean more than **your dismissal**.*
如果你再打我，就不止開除那麼簡單了。
*Then at last I got **my promotion** to district inspector.*
最終我晉升為管區督察員。

物主限定詞所指的人是動作的承受者：某人擊敗、選舉、解僱、提升了他們。如果有必要表明動作的主語，可用 by 起始的名詞詞組，如上面第 1 個例句。這種用法與被動式相似（he was defeated by Carl Lewis）。

• 其他事件和狀態

涉及人的其他事件和狀態可用物主限定詞在句中快捷地表示出來。在這些情形中，名詞可能源自形容詞。

*There was no cure for **her illness**.*
她的病無法醫治。
*We have been entertaining each other in **your absence**.*
你不在時我們彼此款待。

以上所指的人生病或缺席。

2.4　物主限定詞與 own 連用

強調
for emphasis

為了強調物主限定詞，可在所有物主限定詞之後（或所有格 's 之後）加 **own**。

*I can find **my own** way out.*
我自己可以找到出路。

*You make **your own** luck in this life.*
人生的命運靠自己創造。
*She had **her own** secret to keep.*
她有自己的秘密要保守。
*It did have **its own** balcony.*
它果真擁有自己的陽台。
*We'll have lunch in **our own** apartment.*
我們將在自己的公寓裏吃午飯。
*Rachel and Chris had taken **their own** picnic lunch.*
雷切爾和克利斯自帶了野餐午飯。
*They were Sir George**'s own** original curtains.*
它們是喬治爵士自己原來的窗簾。

有時，own 強調 "領屬" 不是共有。

*I hope to get **my own** computer soon.*
我希望不久便擁有自己的電腦。
*He will be given **his own** room where he can study privately.*
他將有一個可自己單獨學習的房間。

如果要強調 own 本身，可在其前面加 very

*It will be your **very own** cat.*
它將肯定是你的貓。

對比
for contrast

將一 "擁有者" 與另一 "擁有者" 進行對比或對照是一種特殊的強調方式。own 也可以用於這種情形。

*A few days after **my own** arrival, Miss Lewis joined us.*
我到達幾天之後，劉易斯小姐也加入到了我們中間。

雖然未特別提及，這兒加以對比的是劉易斯小姐的到達。有時，加以比較的人並不提及。

*He thought of **his own** flat and how peaceful it was there.*
他想到了自己的公寓，那兒多安靜啊。
*As he did so, **his own** sense of guilt returned.*
當他這麼做的時候，負罪感重新向他襲來。

在兩個例句中，加以對比的是另一個人的公寓(他很可能正站在該公寓裏)或另一個人的負罪感。在其他情形下，可用另一物主限定詞指明另一個人。

*I accepted that **my own** well-being was joined to **his**.*
我承認我自己的幸福與他的幸福息息相關。

以上 his 指 his well-being。

區分擁有者
to distinguish possessors

當有一個以上的可能性時，有時可用 own 表示 "擁有者" 是誰。Own 指句子的主語。

> *Mark slipped him **his own** passport.*
> 馬克悄悄地將他自己的護照遞給了他。

這種用法清楚地説明護照是馬克的。

在口語中，上述所有例句的 own 都可以省去，重音落在物主限定詞上。

不用名詞
without a noun

Own 後面可不接名詞。

> *She hurried out of the room and along the passage to **her own**.*
> 她匆忙離開這個房間，然後沿走廊到了她自己的房間。

不與其他限定詞連用
not with other determiners

Own 必須與物主限定詞 (或所有格 's) 連用，不可與其他限定詞連用。因而不能説 an own room。但若要表示非限定性概念，可説 a room of my own 或 a room of her own。

> *One day I would have **a child of my own**.*
> 將來有一天我會自己生一個孩子。
> *Mr Heseltine obviously had **ideas of his own**.*
> 赫塞爾廷先生顯然有自己的主意。
> *There may be a local cycling group you could join, or you might like to set up **one of your own**.*
> 你可以加入當地單車隊，或者也可以自組一隊。

用於表達式中
in expressions

如果你做某事 **on** your **own**，那麼你獨立做這件事或你在無人幫助的情況下做這件事。

> *I enjoy being **on my own** rather than in a relationship.*
> 我喜歡獨來獨往，不喜歡結交朋友。
> *Did Charley do all of it **on his own**?*
> 所有這些都是查理獨自做的嗎？

在某一情景或活動中，如果你 **hold** your **own**，那麼，你與捲入該情景或與活動的其他人一樣強大或一樣好。

> *She could **hold her own** in any drinking session.*
> 在任何酒會上，她可與他人相匹敵。

如果你 **make** something your **own**，那麼，你用某種方式使某事屬於自己。

> *Michael Goldfarb reports on John Major's battle to **make the Conservative Party his own**.*
> 邁克爾‧戈德法布報道了約翰‧梅傑競逐保守黨黨魁之戰。

*They take the technology, **make it their own**, and modify it to suit their own purposes.*

他們採用了這項技術，為己所用，並加以改造以適應自己的目的。

own 用作動詞
'own' as a verb

Own 還有一種重要用法：作動詞，表示"擁有"的意思。

*She used to **own** all the property round here.*

她曾擁有這周圍的所有財產。

Own 的兩種用法可以出現在同一句子中。

*One day you could **own** your **own** factory.*

將來某一天你可能會擁有自己的工廠。

3 指示詞
Demonstratives

this、that、these、those
we、us、you

This、that、these 和 those 被稱為**指示形容詞**或簡稱為**指示詞**（因為事實上它們不是形容詞）。它們幫助說話者或寫話者指明或指示他們所在環境中的某物。**This**（單數）和 **these**（複數）用於指"近處"的事物；**that**（單數）和 **those**（複數）用於指"遠處"的事物。如 **3.2** 節所解釋的那樣，這些遠近和距離的概念並非僅指空間距離。

> *My family's lived in **this** area for generations.*
> 我的家好幾代人都居住在這個地區。
> ***These** books may be appreciated better by older children.*
> 年齡稍大的孩子可能更會欣賞這些書。
> *I don't like **that** idea much.*
> 我不怎麼喜歡那個想法。
> *There will be a perfectly logical explanation for all **those** deaths.*
> 對所有那些死因都將會有一個完全合乎邏輯的解釋。

如 **3.1** 所示，在某些情形下，that 和 those 並無任何指示含義。

這些詞在以下幾節討論：

3.1 作限定詞和代詞的用法
3.2 This 和 that、these 和 those 的**意義差別**
3.3 使用 this 和 that 的其他方法
3.4 人稱代詞作指示詞

3.2 節還將討論其他幾個用法與指示詞相似的詞：**yon、yonder** 和 **them**。有關另一個具有指示詞含義的詞 **such**，詳見 **11.3** 節。

3.4 節將討論人稱代詞 **we、us** 和 **you** 作指示詞的特殊用法。

3.1 作限定詞和代詞的用法

像本書中的其他詞一樣，**this**、**that**、**these** 和 **those** 與名詞密切相關。它們要麼與名詞連用，置於名詞詞組之首，作限定詞用，要麼單獨用作名詞詞組，作代詞用。

作限定詞
as determiners

作限定詞時，this 和 that 用於單數名詞詞組中。名詞詞組既可是具數的也可是不具數的。These 和 those 用於複數名詞詞組中。

> *Whoever had come up with **this idea** deserved a medal.*
> 無論是何人提出這個主意都該獲得獎牌。
> *But what happens when all **this money** is used up?*
> 但當這些錢用完以後會發生甚麼事呢？
> *I hope to enjoy **that feeling** again before too long.*
> 我希望過不了太久會重新享受那種感覺。
> *Someone put **that book** there after the murder, to make it look as if he'd been reading when he was killed.*
> 有人在謀殺他之後把那本書放在那裏以造成他在讀書時被殺的印象。
> ***These chairs** have the great advantage of being much cheaper than conventional ones.*
> 這些椅子具有比普通的椅子便宜得多的優勢。
> *You think if **those people** still have him they'll keep him alive?*
> 如果他還在那些人的手裏，你認為他們會留他一條活命嗎？

作代詞
as pronouns

This、these、that 和 those 也可作代詞。

> *Is **this** really necessary?*
> 真有這個必要嗎？
> *Matters like **these** are always discussed in person.*
> 這樣的問題總是當面進行討論。
> *What's wrong with **that**?*
> 那有甚麼錯？
> *There won't be many businessmen queuing up for one of **those**.*
> 不會有很多商家排隊等那些中的一個。

一致
agreement

用作代詞及句子的主語時，this 和 that 後接單數動詞，these 和 those 後接複數動詞。

> ***This is** what we did.*
> 這是我們所做的。
> ***That was** many years ago.*
> 那是很多年以前了。
> ***These have** always been favourite animals of mine.*
> 這些一直是我所寵愛的動物。
> ***Those are** business secrets.*
> 那些是商業秘密。

作代詞時，指示詞既可如上面一樣作動詞的主語，又可作賓語。

*Have you got **that**?*
你得到那樣東西了嗎？
*Let me take **these** back to the lab.*
讓我來把這些東西拿回實驗室吧。

但是，這些詞不作 be 一類動詞的補足語。例如不可說 my friend is that 或 my book is this。不過，當某事期待被指出時，指示詞可以這樣用。

*The other thing that bothers me is **this**. Where's the stamp?*
另一件令我煩惱的事是：郵票在哪兒？

指人
referring to
people

通常，指示詞不用作代詞指人。若說 I don't like that，那麼談論的是物而不是人。但是，當介紹或確認某人(或詢問他們的身份) 時，這些詞通常用作代詞。

*'**This** is Mr Coyne,' said Philip.*
"這是科因先生，"菲利普說。
*'Who is **that**?' I whispered. '**That** is Geoff.'*
"那人是誰？"我耳語道。"那人是傑夫"。

在電話裏
on the telephone

這兒美式英語和英式英語有一點差異。當在電話裏詢問某人的身份時，通常在美式英語裏說 who is this。在英式英語裏可說 who is that，儘管這樣說顯得稍微有些唐突。人們可能更喜歡用 who is there 或 who is speaking。

'that of'
'those of'

有時，that 和 those 並無距離的含義，即它們沒有指示含義。它們後接 of 時常屬這種情況。

*The only sound was **that of** a car.*
唯一的聲音為汽車聲。
*His eyes seemed to bulge like **those of** a toad.*
他的眼睛鼓得像蟾蜍的眼睛一般。
*The mental abilities of apes are markedly superior to **those of** monkeys.*
猿的智力明顯優於猴了的智力。

這是一種正式的用法。大體上相當於說 the one of 或 the ones of。

'those who'
'those which'

同樣，當 those 後接以 which 或 who 等詞開始的關係從句時，它沒有距離的含義。

*The market favoured **those who** had property and discriminated against **those who** did not.*
市場偏愛那些有財產的人，歧視那些沒有財產的。

*You are asked to indicate **those which** most describe your personality.*
你被要求指出最能描述你性格的那些項目。

有時，關係從句置於顯然是含 of 的數量詞結構的後面。

*Apologies to **those of you who** wrote in to complain.*
向那些寫信來投訴的人致歉。

***Those of the inhabitants who** can do so escape to the more congenial lowland climate.*
那些能夠逃離的居民都往有更適宜的低地氣候的地方逃。

同樣這是正式用法。Those 還可後接其他後置修飾成分。

*He was not among **those crying**.*
他不在那些哭喊者之列。

***Those determined to kill** can always find suitable opportunities.*
那些下決心殺人的人總能找到合適的機會。

在上述兩個例句中，those 可理解為指人。這是 those 這些用法中常見情況。

that which That 可後接 which，但這種用法很正式。

*They say the only real knowledge is **that which** can be measured.*
據說唯一真實的知識是可以衡定的知識。

***That which** an individual seeks, that he will find.*
一個人所尋找的東西總會找到。

作非指示性限定詞 as non-demonstrative determiners 有時，當 that 或 those 作限定詞，後接關係從句時，它們也無指示含義。

*I speak of the richness and ambiguity of experience, including **that experience which is inherent in art**.*
我談到人生經歷的豐富和捉摸不定，包括植根於藝術當中的內在的經歷。

*He said that among **those people they questioned** was his bodyguard.*
他説在他們所審問的人中間有他的保鏢。

*He is richly endowed with **those qualities that make a good parliamentarian**.*
他天生極具成為好的下院議員的品質。

在這些例句中，that 和 those 僅是表達 the 的一種更正式的方式而已。

用於 one 和 ones 之前
before 'one' and 'ones'

使用 this、that、these 和 those 用作代詞的一種替換式是：在它們後面加 one 或 ones。若説 this one 或 that one，則意味着告知聽者去尋找單個的指稱對象（常常是一個帶不定冠詞的名詞短語）。

> *The first few hours of a fete are usually the busiest, and **this one** was no exception.*
> 節日開始的幾個小時通常是最繁忙的，這個節日也不例外。
> *A kid had shown me how to open a lock as simple as **this one** with a bent wire.*
> 一個小孩給我演示了如何用一根彎曲的鐵絲開像這把鎖一樣簡單的鎖。
> *We'll get back to you on **that one**.*
> 我們將答覆你所提的那個問題。

That one 在這兒很可能指曾經問過的一個問題。

如果説 these ones 或 those ones，那麼所談論的是複數事物。

> *Some birds eat seeds but look at **these ones** carefully.*
> 有些鳥吃種子，但注意看看這些鳥。
> *How did **those ones** die?*
> 那些東西是如何死的？

用於數詞前
before numbers

These 和 those 常常後接數詞，可作限定詞或代詞。

> ***These three** men are between thirty and fifty.*
> 這三個男人年齡在 30-50 歲之間。
> *She'll make short work of **those two**.*
> 她將迅速處理那兩件事。

This 和 that 還可後接 one，再接名詞。

> *Twenty-five thousand of them came down the river in **that one year**.*
> 在那一年中，有 25,000 人沿河而下。

One 在這兒是用於強調。

用於 all、both、half 之後
after 'all', 'both', 'half'

指示詞可出現於 all、both 和 half 之後。

> *She's jolly lucky getting **all that** money.*
> 她極為幸運地得到了所有那些錢。
> *He's been out in Ceylon **all these** years.*
> 他這些年一直遠在錫蘭。
> *There is probably some truth in **both these** theories.*
> 很可能這兩種理論都有一些道理。
> *More than **half this** land is unused.*
> 這塊地的一大半未被利用起來。

帶 of 也可替換這種用法：all of that money 、 all of these years 、 both of these theories 、 half of this land 。

3.2 This 和 that 、 these 和 those 的意義差別

接近的不同類型
different types
of closeness

This（複數 these）和 **that**（複數 those）的意義差別通常以距離說話者或寫話者的遠近來描述。如果距離近，那麼，該用 this 或 these；如果距離遠，那麼，該用 that 或 those。這是解釋它們之間差異的一種便利手法，但並不全面。在許多情形下，使用 this 或 that 與具體的接近程度毫無關係。觀察一下 these 在下面例句中的用法：

*Another occupant of the hedgerow is the hedgehog. **These have** always been favourite animals of mine.*
刺蝟是另一類生活在灌木樹籬中的動物。這些一直都是我所喜愛的動物。

這裏説話者談論的是"刺蝟"。它們之所以"近"，因為它們是在前一句提到的。

"近"概念可以好幾種方式出現，這裏介紹其中的幾種。

* 空間上的近

如果某物實際上離你近，可用 **this** 或 **these**，反之，則用 **that** 或 **those**。在談話中，這種用法顯然更重要。

*No one had worked in **this place** for ages.*
已有好多年沒有人在這個地方工作過了。
*A lot of **these houses** round here have glass in the front doors.*
這兒附近許多這樣的房子前門都裝有玻璃。
*I think we're going to have some nice plums on **that tree**.*
我想那棵李子樹將為我們結些好李子。
*I don't like the look of **those clouds**.*
我不喜歡那些雲的樣子。

與 here 和 there
有關聯
related to 'here'
and 'there'

This 和 these 可與 here 相類比，而 that 和 those 則與 there 相關聯。特別在非正式的英語口語中，this 或 these 與 here 用於同一句子的現象相當普遍。同樣，that 或 those 也常與 there 出現在同一個句子裏。

*How about **this** gentleman **here**?*
這兒的這位先生如何？
*I am so sorry your stay **here** has coincided with all **this** trouble.*
很對不起，你呆在這兒的這段時間正好遇上了所有這一切麻煩事。

*See **that** redhead over **there**?*
看見那兒的那位紅髮女郎了嗎？
*The key to the mystery lay **there**, hidden behind **that** bush.*
解開這個謎的答案在那兒——隱藏在那片灌木叢的後面。

**那兒的
(東西或人)
yon**

在英語的某些方言中，特別是蘇格蘭語中，**yon** 像 that 一樣，可用於談論距説話者遠的事物。它既可與單數名詞連用，也可與複數名詞連用。

*You mean you'll take **yon** old tub out in this weather?*
你的意思是你想在這樣的天氣裏把那隻舊浴缸搬出去？
*...one of **yon** fancy foreign lagers.*
……那邊高檔外國罐裝啤酒中的一罐。

**那邊、在遠處
yonder**

在非常正式和古老的英語中，偶然會發現使用 **yonder** 的情況。它指的是遠離説話者和聽者的事物。

*Pray advance thy horse beyond **yonder** ditch.*
請把你的馬牽過遠處的那條溝渠。

若在這種情形中使用 that ，則可能暗含着溝渠距離聽者近。

them

Them 通常是賓語人稱代詞，但在非標準英語中，它也可代替 those 。

*Did you really see **them** things like you said?*
你真的如你所説看見了那些東西了嗎？

● 時間上的近

This 和 that 對表示事件如何與寫話者或説話者所特別關心的時間點相聯繫很有用。

**that 指過去
'that' for past**

That 用於指過去的事件。它含有某事已完成的意思。

*Sometimes I've wondered what she really believed about **that accident**.*
有時，我真想知道她對那次事故的真實想法。
*At **that point** he became worried.*
就在那時他變得擔心起來。

**this 指現在和將來
'this' for present
and future**

This 用於指仍在發生的事件或説話時刻馬上要發生的事件。

***This party** is really boring.*
這個聚會真的很無聊。
*And **this party** will be all snobs.*
參加這個黨派的將全是些勢利小人。
***This** is how you begin.*
你應該這樣開始。

在最後一個例句中，this 指的是將來事件——説話者馬上要演示的事情。

與 now 和 then
相關聯
related to 'now'
and 'then'

This 和 that 的差別與 now 和 then（用作時間副詞時）的差別相似。that趨向於與過去時連用，this趨向於與現在時形式連用。

This is now a very serious and interesting affair.
這件事現變成了一件非常嚴肅和有趣的事。
Well, I paid for that decision back then.
嗯，那時我曾為該決定付出過代價。

過去時與 this 連用
past tense with
'this'

但這並不意味着 this 不能與過去時連用。

His recovery this time was slower.
他這次恢復得較慢。
By this time she was married to her third husband.
這一次她與第三個丈夫結婚了。

使用this表明：儘管時間指過去，但這是寫話者現在的敍事點。將這一用法與下例加以比較。

I saw the Baileys frequently at that time.
那時我與貝利一家常常見面。

這裏寫話者談論的是從現時的角度來看遠在過去的一段時間。

現在時與 that 連用
present tense with
'that'

同樣，that 可與現在時連用。

Now imagine that you are one of your parents and that you are present at that party.
現設想你是你的父親或母親而且參加了那次聚會。

這兒説話者想暗示與聚會相隔好長一段時間，因為事實上聚會並非正在發生。

this 與時間段連用
'this' with time
periods

This 用於表示特定時間段的詞，如 morning、night、day、week 或 year 之前時，通常指現在或將來事件。

This week, and for the next eight weeks, there is a $10,000 first prize.
本週及之後的八週時間裏有一個 10,000 美元的頭等獎。

但如果時間段包括現在時間，this 也可指過去事件。

This week Michael Jackson arrived at Heathrow airport to star in a new film.
為主演一部新影片，邁克爾·傑克遜本週到達了希思羅機場。

*The bank's branches in London have seen a large increase in the number of robberies **this year**.*
今年，發生在該銀行倫敦各分行的搶劫數量大幅度上升。

如果還是當日，即使 morning 和 afternoon 已經過去，仍然可與 this 連用。

*The letter from the school came **this morning**.*
校方寄來的信今天早上收到。

that 與時間段連用
'that' with time periods

That 可用於談論與一過去時間點相關的時間段。

*He had not suggested coming to the hotel for dinner **that evening**.*
那天晚上他並未建議在該賓館就餐。
***That night** the gunfire in the east sounded louder.*
那天晚上，東面的炮火聽上去更猛烈。

these days

These days 是表示現今或最近的一種很常用的方法。

***These days** the Olympics must mean the best.*
現今，奧林匹克運動會肯定是水平最高的。
*He's been going out a lot more **these days**.*
最近，他外出更為頻繁。

• 語篇內部的近

這種用法是指示詞最常見用法。**This** 、 **that** 、 **these** 和 **those** 在這裏用於指出或提及出現在同一語篇中其他地方的事物。

*Her crew had found 306 bodies. Of **these**, 116 had been buried at sea.*
她的船員們找到了 306 具屍體，其中 116 具被埋在海裏。

這兒 these 返指前一句的名詞詞組 "306 具屍體"。

返指和預指
referring back and forward

通常，指示詞指稱前面已提及的事物。但有時它們也可預指。

***This** is what he says of his early silence: ...*
下面是他對自己先前沉默所作的解釋：……

這裏 this 指下文將要提到的東西 (用省略號表示)；冒號 (：) 使所指更清楚。

時態常常表示 this 是返指還是預指。

***This chapter describes** the contents of the annual report.*
本章描述年度報告的內容。
***This chapter has been** about relaxation training.*
本章談論的是放鬆訓練。

不僅僅指名詞
referring to more
than a noun

This 和 that 常常不僅是指名詞詞組。它們可指前一句或前一段提到的某個看法。

*They'd been shocked by what she had to tell them, and you couldn't blame them for **that**.*
她不得不告訴他們的事令他們感到震驚,而你不能因此怪罪他們。

這裏 that 指 "令他們震驚" 這件事。

在正式和學術文獻中,this常用作限定詞或代詞談論前一句提及的觀點。通過使用this,寫話者可將一複雜觀點變為一個簡單的名詞詞組,然後再在下一句中談及。許多名詞常用於這種情形,如 claim、belief、idea、problem 和 theory。

*Analysis of the rock from this huge crater shows that it is most likely the result of a gigantic impact. **This belief** is strengthened by close similarities between the rock and glass beads found in Haiti.*
這塊巖石是由這個火山口噴出的。對它們的分析表明,這些巖石很可能是經過巨大撞擊後形成的。這種看法可從其與在海地發現的玻璃珠非常相像而得到進一步證實。

*The smaller the company the harder it is for them to devote time and money to increasing efficiency. Successful nations recognised **this problem** long ago.*
公司越小,投入時間和金錢來提高效率越發困難。發達國家早就認識到了這個問題。

上句中,看法和問題是由前面整句話描述了。

in this way

In this way 是另一種返指前面所提及的某個主意或方法的辦法。

*This is the first time drug tests have been carried out and he has the dubious honour of being the first athlete to be banned **in this way**.*
這是首次進行藥檢。他成了第一個因藥檢不合格被禁賽的運動員,因而聲譽受到影響。

*Once your test has been assessed, you will receive a cassette at the appropriate level of the language. **In this way**, you can start preparing for the course before you leave home.*
一旦你的測驗被評估,你將收到一盒語言難度合適的錄音帶。這樣,你可在離家之前就開始準備這門課了。

• 感情上的近

that 和 those 表示
否定含義
'that' and 'those'
for negative ideas

That 和 those 常與表示消極感情的詞連用。

That stupid *bus broke down not long after we left.*
我們出發不久,那輛倒霉的汽車就拋錨了。

*I'm not going in the sea round **those nasty** rocks.*
我不會在海中繞過那些險惡的暗礁。

使用 that 和 those 可表達比 the stupid bus 或 your nasty rocks
更強烈的感情。有時，that 單獨便完全可以表達否定含義。

*But what was Edwin doing bringing **that** man along?*
但埃德溫帶那人來幹甚麼？

當然，説 I like that idea 也是可以的。這時説話者對遠離的事
物持肯定態度。

this 用於故事
'this' in stories

在非正式英語中，在講故事或講笑話過程中，當引出某事時，
this 常用於代替 a。這種用法適用於某事是説話者所熟悉的，是
聽者將要熟悉的場合。

*Anyway, there's **this woman** in my life. Known her for a long time.*
不管怎麼説，我生活中有一個女人。認識她已有好長時間了。
*Then there was **this loud clatter** as it fell off.*
當時，當東西掉下來的時候，發出了一聲巨大的劈啪聲。

3.3　使用 this 和 that 的其他方法

作加強語
as intensifiers

This 和 **that** 可用作副詞修飾形容詞。這類副詞有時被稱作加強
語。

*Will it always be **this hot**?*
天氣一直會如此熱嗎？
*It was a superb game. It is a credit to the players that they could produce **that good** a match.*
這是一場極為出色的比賽。隊員們賽得如此之好，值得讚揚。

它們的含義與 so 或 as 相似，但要更準確一些。通常它們是與某
事相比較而言的。This hot 的意思是 as hot as it is now（與現
在一樣熱）；that good 表示 as good as people say it is（如人們
所説的那樣好）。有時，若重讀 that，則表示泛指的程度更大。
若説 it isn't that difficult，用於與很大的困難相比較。

*She was troubled by the feeling that she hadn't stood up well to the doctor, who wasn't all **that good** a surgeon.*
她對自己未能堅決頂住那個醫生感到苦惱。畢竟他不是甚麼特別好的醫
生。

This 和 that（比 this 更常用）可在許多表達式中作代詞。

At that 可置於修飾或強調前文所提內容的短語之後。

*'I do look forward to working on that puzzle some more.' — 'It might be fun, **at that**.'*
我的確想再玩玩那個拼字遊戲——而且做起來可能會很有趣。

如果想更清楚地表達前文的陳述，可用 **that is**（後面用逗號）。這種用法相當於用 in other words 或 i.e.。

*We're taking care of his cat while he's in jail. **That is**, Freddy's in jail, not the cat.*
他蹲監獄時，我們照看他的貓。即弗雷迪蹲監獄，而不是貓。

That's it 可用來表示同意某人所説的。

*'You mean an enemy agent?' — '**That's it**.'*
"你指一個敵方特工？"——"正是"。

它還可用來表示某人已受夠某事。

***That's it**! Either he goes or I do.*
就這話！要麼他走、要麼我走。或表示某事已經完成。
*I think **that's it** for tonight, gentlemen.*
先生們，我想今晚到此為止吧。

也可用 **that's that** 表示一話題已經結束。

*I'll attend the rehearsals and **that's that**.*
我將參加彩排，就這麼定了。

這種用法的意思是決定已經作出，無需再討論了。

This and that 可用來避免談論有關某事的細節。

*He gave her a whisky and soda and chatted about **this and that**.*
他給她拿出了威士忌和蘇打水，然後東拉西扯聊了起來。
*'What was stolen?' — 'Oh, **this and that**.'*
"甚麼東西被偷了？"——"唉，各種各樣的東西。"

有關 **that's all** 的意思，參見 **7.3** 節。

與 kind 和 sort 連用
with 'kind' and
'sort'

Kind of 或 sort of 及名詞可置於 this 或 that 之後。（或者 kinds of 或 sorts of 用於 these 或 those 之後）。

*My own view is that **this kind of** store, **these kinds of** supermarkets, have been around long enough for us to get used to them.*
我自己的觀點是，這類店鋪、這種超市存在的時間夠長了，我們可以適應。

That kind of belief is not at all unusual.
那種看法極為常見。
He doesn't want *that sort of* publicity.
他不願做那種拋頭露面的事。
Good businesses have been doing *these sorts of* things for years.
成功的企業做這類事情已有多年了。

它們的意思與 such 或 such a 相似。在上述例句中，可說 such a store、such supermarkets、such a belief、such publicity 或 such things 而不改變意義。關於 such 的用法，詳見第 11 章。

注意
WARNING 將 that 作限定詞和代詞的用法與它作關係代詞和連詞的用法區別開來很重要。這些用法均非常常見。

It was a word *that* appealed to the new writers of a new age.
這是一個對新一代的新作家有吸引力的詞。
Yet Morton seemed to know *that* I'd been there.
但莫頓似乎知道我曾去過那裏。

這裏 that 不含 "指示" 某物的意思。

So that 和 so...that 也一樣，它們是表示結果的連詞。

The boot has been enlarged *so that* it is almost 5ft 8in long.
行李箱已被加大，現幾乎有五英尺八英寸長。
The car that struck her was going *so* fast *that* the impact sent her flying.
撞她的小汽車開得如此之快，以致於其衝擊力令她飛了起來。

3.4 人稱代詞作指示詞

到目前為止，我們所討論的是指明事物的情形。這些事物要麼接近說話者或聽者，要麼遠離說話者或聽者。但如果被指明的是說話者或聽者怎麼辦？在這種情況下，人稱代詞可置於名詞前作指示詞。

we 或 us 指說話者
'we' or 'us' for speakers
如果說話者想指他們自己，則可在名詞前加 **we** 或 **us**。

We're a selfish lot, **we writers**.
我們這些作家是一羣自私自利的人。
I heard my parents talking of sending **us children** away.
我聽到父母親談論將我們這些孩子送走的事。

當名詞是主語時，用 we；當名詞是賓語或位於介詞之後時，用 us。

41

We lawyers are paid to take the tough choices.
我們律師拿了報酬要作困難的選擇。
*I hope you don't expect **us girls** to do the cooking.*
我希望你不要指望我們女孩子燒飯。
*The majority of **us lads** are professional drivers.*
我們這幫小夥子大多是職業司機。

Me 或 I 不能這麼用，其實，其他人稱代詞也不能這麼用。

you 指聽者
'you' for listeners

指聽者時，可用 **you** ，再後接名詞。

*I think **you fellows** are far too modest.*
我認為你們這些老兄過於謙虛了。
*What's the matter with **you people**?*
你們這些人怎麼了？

這種用法只用於複數。不可說 what's the matter with you
fellow?。

在 **3.2** 節中，我們談到了 **them** 指遠離聽者或說話者的人或物的
用法。它與這兒 **you** 的用法相似，但是非標準的。

Wh- 詞限定詞
'Wh'-word determiners

what、which、whose

有一組常用詞,其用法有許多相似之處。本章討論其中的幾個詞。這組詞還包括when、where、why和how等幾個重要詞。我們稱這組詞中的所有詞為**wh-詞**,因為它們均以字母wh開頭(how除外)。通常,我們把這些詞看作疑問詞,但事實上,它們更常見於其他用法。

這裏我們對其中的三個詞感興趣,因為它們可作限定詞用:**what**、**which**和**whose**。它們的意義和用法在下面討論。第11章討論what的另一種用法,即在感嘆句中的用法。

此外,本章還討論這些詞的相似用法及它們與後綴 -ever 結合後,意思是如何變化的。

這些詞在下面幾節討論:

4.1 Wh-詞限定詞的一般用法
4.2 用於疑問句:what、which、whose
4.3 在關係從句中:which、whose
4.4 用於名詞從句:what、which、whose
4.5 Whatever、whichever、whoever's 的用法

4.1 Wh-詞限定詞的一般用法

與具數和不具數名詞連用
with count and uncount nouns

Wh-詞限定詞可與各種名詞連用:

單、複數具數名詞和不具數名詞。

> ***What answer*** *do you give to a question like that?*
> 對那樣的問題你會如何回答?
> ***What colours*** *did you see?*
> 你看見了甚麼顏色?
> *People don't actually know **what information** they want.*
> 事實上,人們不知道他們需要甚麼樣的信息。

Which paper did you read this in?

你是在哪篇論文裏讀到這個的？

I don't need to talk about which situations these practical skills were taught in.

我不必談論這些實用技巧是在哪些情形下被教會的。

And whose side are you on?

那麼，你站在哪一邊呢？

It is still unclear why the bombs were detonated, or on exactly whose orders.

為甚麼要引爆那些炸彈或者到底是誰下的命令至今仍不清楚。

He is a writer whose humor is not without substance.

他是一位幽默作家，他的幽默是有要義的。

which 作數量詞
'which' as quantifier

Which (但不是 **what**) 可作數量詞。

Which of these statements comes closest to your view?

這些說法中的哪一種最接近你的觀點？

We are trying to find out which of the existing rules will apply.

我們試圖找出現有規定中的哪一條可以適用。

I didn't care which of us won.

我不介意我們之間哪一位獲勝。

依據一般規則，特指限定詞不能與特指名詞詞組連用（參見 **1.6** 節）。which 的上述用法是個例外。

what 和 which 作代詞
'what' and 'which' as pronouns

What 和 which 常用作代詞。事實上，它們作代詞的用法比作限定詞的用法要常見得多。

What concerned him more was his present position.

他更關心的是他現在的職位。

All of us know what the reason is.

我們大家都知道理由是甚麼。

What is the status of a poet in society?

詩人在社會上的地位如何？

What steps are involved? Which are crucial?

都包含哪些措施？哪幾項最關鍵？

He did not even know which was Mrs Hanson's hotel room.

他甚至不知道哪一個是漢森太太的旅館房間。

This is a feeling which we can never know.

這是一種我們永遠無法明白的感覺。

This may not be the only criterion by which decisions are reached.

這也許不是賴以作出決定的唯一標準。

which one

在直接和間接疑問句中，可用 which one (單數) 或 which ones (複數) 代替作代詞的 which，並且這種用法強調色彩更濃一些。

One of them isn't. Would you feel confident in predicting ***which one?***

其中一個不是。你有信心預測是哪一個嗎?

*In the photo was Marko Vukcic, holding a rifle loosely at his side. '****Which one****'s your uncle?' I asked.*

照片上的人是馬科·武科西科,他手拿步槍隨意地置於身旁。"哪一位是你叔叔?"我問道。

*Try a few different methods and see **which ones** help most.*

選一些不同的方法試試,看看哪些方法最有幫助。

只談論一組中的一個東西時,which one 可清楚地加以表示。

*I draw on your fingers and toes, and you have to work out **which one** I'm touching.*

我在你的手指和腳趾上畫,你必須指出我觸及的是哪一個。

whose 作代詞
'whose' as
pronoun

Whose 作代詞相當少見。

*I knew **whose** it was.*

我知道它是誰的。

***Whose** is the boat?*

這船是誰的?

what 和 which
的意義
meaning of
'what' and
'which'

正如 **1.3** 節所述,what 與 which 的區別在於:which 可從聽者或讀者所熟悉的一組事物中挑選出某物 (或某些事物);what 沒有這種含義。

***Which** idea do you think is best?*

你認為哪個主意最好?

***What** colours did you see?*

你看見了甚麼顏色?

在第一個例句中,which idea 指一組已知 (和有限) 的主意中的一個;what 比較含糊,並沒有提示已確定的一組事物。但是,這種區分並非總是很嚴格。

*They determine **what type of plants the virus can infect** and **which insects can carry the virus**.*

他們確定這種病毒可感染哪種植物以及哪種昆蟲可攜帶這種病毒。

這裏,兩個詞的區別也許是作者想暗示植物的範圍比昆蟲的範圍更廣。

指人或物
referring to
people or things

可用 what 和 which 作限定詞指人或物。

*They have a responsibility to discover **which wives** have walked out on their husbands.*

他們有責任找出哪些妻子拋棄了丈夫。

Which party will you vote for in the election?
在大選中，你將投哪個黨派的票？
In *what manner* was she living?
她以甚麼樣的方式生活着？
What person in his right mind would go for that?
哪位大腦正常的人會選擇那個呢？

What 作代詞不能理解為指人。

What could it be?
它會是甚麼呢？

Whose 偶爾可指物，而非人。

More framed photographs decorate *a side table whose* cover
matches the floral curtains.
牆邊小桌的檯布與花窗簾很配，而小桌又為更多的裝在鏡框裏的照片裝飾。

whose 的意義
**meaning of
'whose'**

就意義而言，whose 與第 2 章描述的物主限定詞（my、 your等
等）相似。它將名詞與人聯繫起來。在疑問句中（參見 **4.2** 節），
某人是未知的，而在關係從句中（參見 **4.3** 節），指代的則是剛
提及的某人。

Whose money were they wasting?
他們在浪費誰的錢？
He picks up *a stranger whose* car has broken down.
他讓一位車子拋錨的陌生人乘搭他的車。

然而，這種關係並非只是上面例句所描述的領屬關係。它可包含
不同種類的關聯，如親屬關係和個人特徵等。

Mary is an orphan *whose parents* tragically died.
瑪麗是個孤兒，她的雙親死的很慘。
One of the Britons, *whose identity* has not been revealed,
was taken to hospital.
其中的一位英國人被送往醫院。他的身份還沒有透露。

它還可表示一種暗含的動詞性關係。所涉及的人作動詞的主語時
尤其如此。

Now was not the time to start thinking of mother, *whose
death* had so distressed me.
現在還不是開始想念母親的時候。她的逝世曾令我極度痛苦。
He stars as a young stranger in town, *whose arrival* is
followed by some mysterious deaths.
他主演的是鎮上的一位年輕的陌生人。自從該陌生人到來之後，鎮上發生
了幾起神秘的死亡事件。

*Wolves are highly social animals **whose success** depends upon cooperation.*

狼是高度羣體化的動物，它們的成功依賴於合作。

在這些例句中，存在着 mother died、a young stranger arrived 和 wolves succeed 的含義。

what kind of 和 what sort of 'what kind of' 'what sort of'

What 常常用於 kind of 和 sort of 或者 kinds of 和 sorts of 之前。（另見 **3.3** 節）

*Tell me **what kind of** jacket you want.*
告訴我你想要哪種夾克衫。
***What sort of** music did they play?*
他們演奏的是哪種音樂？
***What kinds of** things did you spend your money on each week?*
每週你把錢都花在哪些東西上了？
***What sorts of** excuses do they give for his behaviour?*
他們為他的行為都找了哪些借口？

注意 WARNING

在發音時，whose 與 who's（who is 或 who has 的縮約式）相同。書寫時切勿混淆很重要。

4.2 用於疑問句：what、which、whose

What、which 和 whose 可作限定詞出現在名詞詞組中。名詞詞組是疑問句的焦點。在直接疑問句中，這些詞通常，但非總是位於句首。

***What number** is that?*
那是幾號？
***What effect** would success have on my self-esteem?*
成功對我的自尊心會產生甚麼影響？
*The question remains, to **what extent** are they true?*
問題依然是，它們在多大程度上是真實的？
***Which idea** do you think is best?*
你認為哪個主意最好？
***Which friends** would you want to see?*
你想要看哪些朋友？
***Which chair company** did he work for?*
他在哪間椅子公司工作？
***Whose idea** was it you should have it?*
你應該擁有它是誰的主意？
*On **whose authority** can we act?*
我們應根據誰的許可行事？

間接疑問句
Indirect
questions

What、which和whose也可用於所謂的**間接疑問句**中。嚴格來講，這些句子並非疑問句。它們不以問號結尾，因為它們只是更大句子中的一部份。

*I wonder **what book I'll read tonight before I go to sleep**.*
我不知道今晚入睡前將讀甚麼書。
*They ask **which car is worth what**.*
他們詢問哪部車值甚麼價。

這些將在下面 **4.4** 節詳細討論。

4.3　在關係從句中：which、whose

Which 和 **whose** 均常用於關係從句。從句是一組詞，它具有句子所必需的所有成分，即主語、動詞和其他成分，但它屬於更大句子的一個部份。關係從句為前面的名詞詞組附加信息。它們位於名詞詞組之後，which 或 whose 位於從句句首或接近從句句首的地方。

which 作關係代詞
'which' as relative
pronoun

Which 常常用作關係代詞。

*It was the moment **which** launched his campaign of conquest.*
這是他發起征服運動的時刻。

這裏 which 指 moment（時刻）。

which 作限定詞
'which' as
determiner

有時，當前面有介詞時，which 可作關係限定詞。

*The programme will continue until 1994 **by which time** $3 million will have been spent.*
這個項目將持續到 1994 年。到那時開支將達到 300 萬美元。

which 指一個從句
'which' referring
to a clause

Which 可用於另一種關係從句。有時被稱作**句子關係詞**（**sentential relative**）。在這種情況下，它並不返指前面的名詞詞組，而是指前一句的全部內容。which 在這種情形中通常是代詞。

*I told her she didn't have to do that, **which** sounds like an ungrateful thing to say.*
我對她說她並非一定要做那件事。這樣說聽上去好像有些忘恩負義。
*Every soldier was wearing earplugs, **which** made conversation difficult.*
每位士兵都戴着耳塞。這便使會話變得困難起來。

在這個例句中，which 指士兵們都戴着耳塞這個事實。

在這種情況下，如果 which 前面有介詞，它還可作限定詞。但聽上去要正式一些。

> It was derived from Posidonius, **for which reason** much of its information may well have been out-of-date.
> 它源於鮑森杜尼爾斯（月球表面上的環形山）。由於這個原因，它的大部份信息很可能已經過時。

但是，in which case 是一個常用表達式。

> Sometimes feta is very salty, **in which case** no salt needs to be added.
> 有時，羊奶乾酪很鹹。如果這樣的話，就不必加鹽了。

在一些古老的文本裏，可發現不帶介詞、修飾句子的which用作限定詞的情況。

> He then resolved to leave, **which decision** pleased me greatly.
> 他那時決定離開。這個決定令我異常高興。

但這種用法在現代英語中極為罕見。

whose 作限定詞
'whose' as determiner

Whose 常常用作限定詞引出關係從句。

> They have collected a petition from 1500 other parents **whose children** are forced to do games against their will.
> 他們已收集到 1,500 名其他家長簽名的請願書。請願家長的孩子們被強迫做他們不願意做的遊戲。
> His first love was a Chinese girl **whose family** ran a shop opposite his home.
> 他的初戀情人是一位中國姑娘。女孩的家人在他家對面開店。

在這些例子中，whose 返指"1500名其他家長"和"一名中國姑娘"。whose 不作關係代詞。

Whose 常常位於介詞之後。

> If you happen to be the farmer **on whose** land the birds arrive then it's a very serious problem.
> 一羣鳥來到了這位農場主的田裏。如果你碰巧是這位農場主，那麼，這便是一個非常嚴重的問題。

Whose 也可用於數量詞結構，如用於 many of、most of 或 some of 之後。

> It would mean giving more power to Congress, **many of whose** members are widely believed to be corrupt.
> 那意味着給予國會更大的權力，而人們廣泛認為許多國會議員腐敗。

*British tax law is hard on companies **most of whose** earnings come from abroad.*
英國稅法對那些收入主要來自國外的公司非常嚴厲。

其他可用來引導關係從句的詞 (但僅做代詞) 是：that、who 和 whom。

What 不能用於引導關係從句。不能説 this is something what I like very much。但下面 **4.4** 節將描述 what 與關係從句相似的一種用法。

4.4 用於名詞從句：what、which、whose

4.3 節討論了關係從句，它是名詞詞組的一個部份。還有一種代替句中名詞詞組的從句。有時，這些從句被稱作**名詞從句**(或**名詞性從句**)。名詞從句作句中的一個成分，如主語或賓語。引導它們的一種辦法是用 **what**、**which** 或 **whose** 一類 wh- 詞。

賓語名詞從句
object noun clauses

大多數情況下，這些詞位於作句子賓語的名詞從句句首。

*As children we knew **what colours we liked**.*
作為兒童，我們知道自己喜歡甚麼顏色。
*I will tell you **what number I'm ringing from**.*
我將告訴你我用哪個號碼給你打電話。
*I didn't know **which channel I was tuned to**.*
我不知道我調的是哪個頻道。
*Check **which side is tightest**.*
查一下哪邊最緊。
*I do not know **whose idea this was**.*
我不知道這是誰的主意。
*His girlfriend persuaded the two men to race to see **whose car was fastest**.*
他的女朋友説服兩個男人比賽一下，看誰的車快。

偶爾，從句也位於介詞之後。

*You can see **into which category you currently fall**.*
你可以看看目前自己屬於哪一類。

主語名詞從句
subject noun clauses

這類從句也可作句子的主語。

***What we need** at this difficult time is a bit of tolerance and commonsense.*
在這個困難的時刻，我們所需要的是些許忍耐和常識。

50

但是，which一般不這麼用。這是因為用it作主語、從句位於句末的結構更為常用的緣故，從句較長時尤其如此。

It will soon be clear **which firms start sliding towards bankruptcy**.
哪些公司開始滑向倒閉不久就會明朗了。

儘管也可說 which firms start sliding towards bankruptcy will soon be clear，但這樣說聽上去有點臃腫。

暗含疑問句
implied
questions

這種用法常常用於某些動詞，如ask、decide、discover、find out、guess、know、prove、say、see、tell 和wonder。如同 **4.2** 節的間接疑問句一樣，這種用法常常暗含疑問句。

No prize for guessing **which side is likely to prevail**.
猜測哪一方可能獲勝沒有獎品。

這裏含有某人問過或可能問which side is likely to prevail?這樣的問題。但實際情況並非總是如此。

They took **what they could get**.
他們拿了他們可能得到的東西。

作代詞
as pronouns

What 和 which 也可在間接疑問句和暗含疑問句中作代詞。

But that was not really **what occupied his mind**.
但那並不是他所真正費心的事。
You don't know **which is which**, do you?
你不知道哪個是哪個，對嗎？

這兒 wh- 詞可理解為指 the thing that (occupied his mind)。

4.5　Whatever、whichever、whoever's 的用法

大多數 wh- 詞可與 -ever 結合構成複合詞，如 whatever、whenever 和 wherever。這些詞的一個用法在於表示對基本 wh- 詞所暗含的疑問句的準確回答並不重要或無所謂。因此，若說 whatever you do, you lose，則表示it doesn't matter what you do, you lose 或 regard less of what you do, you lose。Any 的意思與此相似 (見 **7.9**)。如果說I'll answer whatever questions they ask，也可說I'll answer any questions they ask。

用於名詞從句
in noun clauses

在這種情況下，**whatever** 和 **whichever** 可作限定詞。同 **4.4** 節所講的一樣，它們引導名詞從句。

*You just have to make a serious start yourself with **whatever resources you have available**.*
你的確必須利用你可得到任何資源，親自、認真地開始做這件事了。
*He remains unprepared for **whatever problems lie ahead**.*
無論前面會遇到甚麼問題，他都沒有甚麼準備。
*I'll be able to afford **whatever fee you ask**.*
我有能力支付你索要的任何費用。
*Both sides have agreed to recognise **whichever group wins a majority vote**.*
無論哪一派獲得多數票，雙方都同意予以認可。

在句中，從句通常起副詞的作用。

*It never looked any better **whichever way I looked at it**.*
無論我從哪個角度去看，它都從未有甚麼起色。
***Whichever direction he came from** he still arrived at the same point.*
不管他是從哪個方向來的，他依然到達了相同的地點。

Whatever 和 whichever 也可作代詞，whichever 還可作數量詞。

*He tried to do **whatever** they wanted.*
他試圖做他們想要的一切。
***Whichever** he chooses, he is damned.*
無論他挑選哪一個都會倒楣。
***Whichever of us** survives, will do so for us both.*
我們兩個無論哪個還活着都會為雙方這樣做。

Whoever's 極為少用，它是與 whose 對應的 -ever 一詞。

*These are mostly vegetarian meals cooked by **whoever's turn it is that day**.*
這些基本上是素餐，當天輪到誰，誰就來燒。
***Whoever's** this is is going to have fun.*
不管這是誰的都將玩得開心。

whatever 的
特殊用法
special uses of
'whatever'

Whatever 有許多特殊用法。

它可用於沒有動詞的 "從句" 中。

*He'll come **whatever the weather**.*
無論天氣如何，他都會來。
***Whatever your reasons**, I'm grateful.*
無論你的理由是甚麼，我都很感激。

也可說 whatever the weather is 或 whatever your reasons are。

Or whatever 可用於句末，在口語中表示不明確指出某物。尤用於一連串可能性之後。

*He's won a car or a holiday **or whatever**.*
他贏得了一部車或者一個假期或者諸如此類的東西。

Whatever 可用來強調疑問句，表示驚奇或惱怒。

***Whatever** is the world coming to?*
世界究竟會變成甚麼樣呢？

Whatever 可用於否定詞或另一非肯定詞之後的名詞的後面。
(參見 **1.8** 節) 這種用法起強調作用，相當於說 at all。

*It made **no sense whatever**.*
這毫無意義。

5 數詞及其相似的限定詞
Numbers and similar determiners

> **one**、**two**、**three** 等
> **first**、**second**、**third** 等
> **twice**、**three times** 等
> **half**、**a third**、**two-fifths** 等

"限定"名詞最明顯的辦法是指出它所涉及的數量。第 6 章及其後的幾章討論some、all、many 和few 一類詞。當所涉及的準確數量不詳或不願指出時,可用這些詞談論數量。本章討論的是相反的情況:所涉及的數目或數量已知。

本章討論基數和序數、分數及倍數一類開放性詞。它們可用來指出某物的準確數目或數量。 One 和half 是兩個非常重要的詞。由於它們的許多不同用法及給學習者帶來的困難,所以另列一章將予以討論。

這些詞在下面幾節討論:

5.1 基數詞:one、two、three 等
5.2 One 的特殊用法
5.3 序數詞:first、second、third 等
5.4 倍數詞:twice、three times 等
5.5 分數:a third、two-fifths 等
5.6 Half 的用法

5.1 基數詞:one、two、three 等

數詞 one、two、three 等有時也叫**基數詞**,以便與序數詞(參見 **5.3** 節)區別,它們可作限定詞、數量詞或代詞。

*She hadn't had a bite to eat in **three days**.*
她有三天一口東西都未吃了。

*There were **four of them**, two police cars and two others.*
共有四輛車，兩輛警車和兩輛其他車。
*The **seven freckles** had increased to **ten**.*
小斑點由 7 個增加到了 10 個。

a 或 one 用於
hundred 等詞之前
'a' or 'one' before
'hundred', etc

Hundred、**thousand** 和 **million** 之前必須用 **a** 或 **one**（或另一數詞）。通常 one 比 a 更具有強調作用。

*The book sold over **a million** copies.*
這本書售出了 100 多萬冊。
*He weighed at least **one hundred** pounds less.*
他的體重至少輕了 100 磅。

在數詞的中間，只能用 one：three thousand, one hundred and twenty (3,120)。

hundred 等詞的
複數形式
plurals of
'hundred', etc

在另一個數詞之後，hundred、thousand 和 million 不用複數形式。

*I hear they're expecting **five thousand** demonstrators.*
我聽說他們期望示威者達到 5,000 人。
*He was prepared to pay **two million**.*
他願意支付 200 萬。

Tens、hundreds、thousands 和 millions 可用於表示不明確的數量。

***Millions** of jobs are likely to be lost.*
數以百萬計的工作機會將可能喪失。

連字號的使用
use of the hyphen

書寫複合數詞，如 twenty-one、seventy-five 時，應該用連字號。

and 用於長的數詞
'and' in long
numbers

在英式英語中，and 用於長的數詞的最後二位數之前，如 475 讀作（寫為）four hundred and seventy-five。在美式英語中，and 可以省去。

用於其他限定詞之後
after other
determiners

與其他限定詞連用時，數詞幾乎總是置於其後。當所談論的東西已知時，數詞可用於特指限定詞之後。

*They form an indivisible whole, like **the two sides** of a coin.*
如同一枚硬幣的兩面，它們構成了一個不可分割的整體。
*He said **the two** of you were very close.*
他說你們倆關係很親密。
*He took special delight in **his three** daughters.*
他特別喜愛他的三個女兒。

數詞也可置於 all、any、every 和 some 一類泛指限定詞之後。

All three policemen moved as one.
所有三個警察一起採取行動。
Any four out of the five would make a potential medal-winning team.
五人中任意四個組成的隊都有可能獲獎。
Take a little fruit *every three or four* hours.
每隔三、四個小時，吃點水果。
He started drinking heavily, *some three* years after we'd married.
我們結婚後大約三年光景，他開始嚴重酗酒。

這兒every指一重複事件（參見**7.5**節）。Some這樣用時，含有"大約"的意思（參見 **6.2** 節）。

與 other 連用
use with 'other'

數詞可用於other之前和之後，但意義可能不同。數詞不帶冠詞在前時，other可將置於其後的名詞與前面提及的相同事物區別開來。

Two other Australian diplomats were also killed in the incident.
在該事件中，另外兩位澳大利亞外交官也被殺害了。
He would plead guilty to at least *one other* offence.
他至少會承認另一項罪名。
Mary rents a house with *three other* girls.
瑪麗和另外三位姑娘合租一幢房子。

在這個例句中，other 將另外三位姑娘與瑪麗區分開來。

除非前面有另一個限定詞，如 the 、this 或 my，否則 other 不能用於數詞之前。若說 the other three，則表示"其餘的三個"。

The faces of *the other three* girls were fixed on Alex.
其餘三位姑娘盯着艾利克斯。

也可說 the three other 來表達相同的意思，儘管這種用法不及上面的說法常用。

Police took *the three other* canoeists to hospital.
警方將其餘三位駕小木舟的人送到醫院。

如果後面不接名詞，other 則必須置於數詞前。

Thirty-two went into uniform. *The other three* went into the coal mines.
32 位穿上了制服，其餘 3 位下到了礦井。

不可說 the three other，但可說 the three others。

例如若說 another three，則可表示附加的三個。

*They drove for **another three** hours.*
他們又行駛了 3 個小時。
*China picked up **another ten** gold medals.*
中國又獲得了 10 枚金牌。

有關基數詞和序數詞連用時的順序問題，參見下面 **5.3** 節。

特殊的代詞用法
special pronoun
uses

作為代詞，數詞常常可表示一天中的鐘點。

*The helicopter lifted off just after **four**.*
剛過四點鐘，直升飛機便起飛了。

數詞指四點鐘。數詞單獨用也可表示年齡。

*So you must have gone to school at about **six**.*
所以你肯定是六歲左右時上學。
*What else could a girl of **twelve** want?*
一個 12 歲的小姑娘還會需要些甚麼呢？

這裏指的是 6 歲或 12 歲。

作名詞
as nouns

數詞可用作單數或複數名詞，如指紙牌或紙幣。

*And then I gave you **a fifty**.*
那時我給了你一張 50 元的紙幣。
*He pulled a wad of mixed notes from his pants pocket, **fives**
and **tens**.*
他從褲子口袋裏掏出了一疊鈔票，五元和十元的混在一起。
*He turned his cards over. A king and two **fives**.*
他翻開了自己的牌，一個老 K 和二個 5。

複數數詞也可用於指一羣一羣的人。

*The guests left in **ones and twos**.*
客人三三兩兩地離開了。

twenties、
thirties 等
'twenties',
'thirties', etc

可在 **twenties**、**thirties** 等（也可寫成 **20's**、**30's**）之前加 the
來談論在一個世紀中的 10 年期。

*In **the twenties and thirties**, my grandfather had a sawmill
on his farm.*
在 20 和 30 年代，我祖父家的農場裏建有一間鋸木廠。
*He was a superstar of **the Fifties**.*
他是一位 50 年代的超級明星。

物主限定詞可以相同的方法來指某人的年齡。

*She left Wales in **her twenties** and never went back.*
她 20 多歲時離開威爾士，之後再沒有回去過。

這裏表示的意思是她離開威爾士時，年齡在 20 ～ 29 歲之間。

關於 ones 的用法，參見下面 **5.2** 節。

用於複合詞
in compounds

數詞常用於複合形容詞中。

*This is the first of a **three-volume** series.*
這是一個三卷本系列中的第一卷。
*I am working a **ten-hour** day.*
我一天工作 10 個小時。
*It was a **one-storey** house.*
那是一幢一層樓的房子。
*A **one per cent rise** would be a disaster.*
升高一個百分點將意味着一場災難。

用副詞修飾
modified by
adverbs

數詞常常可用 over、more than、less than、only、nearly、almost、about 和 around 一類副詞加以修飾。

*His majority was **over eighteen thousand**.*
他贏得的多數票已超過了 18,000 張。
*I was in a car accident **more than twenty** years ago.*
20 多年前，我經歷了一場車禍。
*I can have an ambulance here in **less than five** minutes.*
我可令救護車在五分鐘內到達。
***Only two** men were saved.*
僅有兩個男人獲救了。
*He knew they were **nearly fifty** miles beyond the valley.*
他知道他們在山谷那邊差不多 50 英里的地方。
*It was **almost ten** minutes since either of them had spoken.*
已近 10 分鐘雙方誰也沒有說話了。
***About a hundred** other people had had the same idea.*
大約 100 名其他的人也有相同的看法。
*In the south of England temperatures have reached **around thirty** degrees.*
在英格蘭的南部，氣溫達到 30 度左右。

one or two

可用 one or two 或 two or three 一類短語表示不太準確的數目。

*They are clearly talking to **one or two** people.*
他們顯然在同一兩個人談話。
*He suggested his departure should be postponed by another **two or three** days.*
他提議出發時間應再推遲兩三天。
*There were only **twenty or thirty** such factories in the British Isles.*
在不列顛羣島上，僅有二三十家這樣的工廠。

a couple
a dozen
a score

其他一些詞可用作名詞表示數量，如 **a couple** (two)、**a dozen** (twelve) 和 **a score** (twenty)。它們都可用於表示不準確的或大概的數量。a couple 常表示兩年以上的意思。在這些詞中，a dozen可用作限定詞。在美式口語中，a couple 也可作限定詞。

> *I watched the replay **a dozen times** this morning.*
> 今天早上，我把錄相觀看了 10 多遍。
> *I haven't shaved for **a couple days**.*
> 我有兩三天沒有刮臉了。

A couple 和 a score 可用於 of 之前。

> *He didn't say much, **a couple of** sentences.*
> 他説話不多，只有兩三句。
> *The Tuscan coastline has **a score of** popular resorts.*
> 托斯卡納海岸線上有 20 個旅遊勝地。

複數形式 dozens 和 scores 也常用於 of 之前談論大的數目。

> ***Dozens of** journalists have descended upon Mostar.*
> 許多新聞記者突然來到了茅斯達。
> *Amnesty International has now interviewed **scores of** witnesses.*
> 國際特赦組織現已會見了許多證人。

5.2 One 的特殊用法

當 **one** 不僅僅表示數量概念時，它有許多不同的用法。

作非限定代詞
as indefinite pronoun

它可用作不定代詞，避免重複帶不定冠詞的名詞詞組。

> *She aches for **a child**, he doesn't want **one**.*
> 她渴望要個孩子，但他不想要。

這裏 one 指代 a child。但如果名詞不再是非限定性的，可用 it。

> *When **a car** hits clothing **it** leaves a mark.*
> 汽車碰在衣物上，會留下痕跡。

與形容詞連用
with adjectives

如果 one 被形容詞修飾，前面需加 a 或 an。

> *My father was a lawyer. **A good one**.*
> 我父親是一位律師，一位好律師。

Ones 可用來指代複數名詞，置於形容詞之後或後接一個短語。

> *There were small problems that had mounted up into **big ones**.*
> 有些小問題發展演化成了大問題。
> *Breakfast cereals are a good source of fibre. Go for **ones with ingredients** that are wholegrains.*
> 穀類早餐食品是纖維的良好來源。去買那些原料為全穀物的穀類食品。

但不能單獨用ones表示複數。不能說we need ideas and he has ones，但可說 he has some。

the one　One（或ones）可與 the 連用指明前面已提及的或已確定的事物。

> *What, a mill? Like **the one** at Bridgend?*
> 甚麼，一個磨粉廠？像位於布里金德的那一個？
> *Peacocks are the males of the species, **the ones** with the fabulous feathers.*
> Peacocks 為雄性孔雀，它們擁有極為漂亮的羽毛。

在關係從句之前這種用法很常見。

> *That's **the one I want**.*
> 那個正是我所要的。

強調用法
emphatic use　在one及名詞之前可用the或另一個特指限定詞來強調作為數詞的 one。

> *I remembered **the one time** I had failed to heed the warning.*
> 我記起了唯一一次忽視警告。
> ***My one idea** was to get out of that place.*
> 我唯一的想法是離開那個地方。

這種用法表示"唯一"的意思。

用於其他限定詞
之後
after other
determiners　One 用於許多其他限定詞之後構成起代詞作用的短語，如that one、these ones、any one、each one、every one 等等。在大多數情況下，這些短語可用於代詞（如單獨使用的 that 或 these），儘管它們聽上去不太正式。關於這些用法，詳見相關章節。

one ... other　當比較兩個事物時，可在句中先用one，然後再在句子後面某處用 the other 或 another。

> *Jasmine has **one** leg slightly longer than **the other**.*
> 傑士敏一條腿比另一條腿稍微長一些。
> *The large suitcase was to **one** side, his typewriter on **the other**.*
> 大手提箱放在一邊，他的打字機放在另一邊。
> ***One** person drums softly and **another** rattles.*
> 一個人輕輕地敲鼓，另一個人搖動打擊樂器響葫蘆。

與時間段連用
with time
periods　One可與過去或將來的時間段連用，表示準確的時刻或時段並不重要。

> *I asked him **one morning** if he had slept well.*
> 一天早上，我詢問他是否睡得好。

One day he might become Minister of the Interior.
將來某一天，他也許會成為內政部長。

作 a 的強調形式
as emphatic form
of 'a'

在許多情況下，one 用作不定冠詞的強調形式。在非正式口語中，one可用於指給人印象深刻的、引人注目的或使人震驚的事物的名詞詞組之前。

It's like **one great big riot** from start to finish.
自始至終這都像場大規模的爆亂。
That's **one hell of a risk** to take.
那將會冒極大的風險。

在正式話語中，one 用於名字前表示第一次所提及的人可能不認識。

The villain on that occasion was **one Michael Thomas**.
在那個場合中的那個壞蛋是位叫邁克爾‧托馬斯的人。

作人稱代詞
as personal
pronoun

One 可用作人稱代詞進行泛泛陳述。

One should never take 'no' for an answer.
人們絕不應該接受 "不" 為答案。

這是一種正式用法。you 也可這麼用，但沒有 one 正式。

用於表達式中
in expressions

One 可用於許多表達式中。

在口語中，**one** 可用來談及笑話或故事。

Did you hear **the one** about the particle physicist?
你聽說有關那位粒子物理學家的故事了嗎？
Heard **a good one** in the club the other day.
那天在俱樂部，我聽到了一則很有趣的笑話。

For one 可用於表達希望他人也許會贊同的個人看法。

I **for one** am sad that London Zoo is to close.
倫敦動物園將要關閉，對我而言，是件傷心的事。

若用 **for one thing**，那麼，則列舉的是對某事的許多理由中的一個。

He had failed to make his mark in television. He was too bad at political interviewing, **for one thing**.
他未能在電視熒屏中取得成功，原因之一是，他在政治性訪談方面表現極差。

若說某人是 **one for** 某事或 **a one for** 某事，則表示某人喜歡某事。通常，它用於否定詞之後。

*She was never **a one for** dogma.*
她從來不是一個喜歡教條的人。

在非正式英語中，**you are a one** 是慈愛地或幽默地責怪某人的一種方法。

*Oh **you are a one**, aren't you?*
哦，你真是個怪人，是不是？

5.3 序數詞：first、second、third 等

序數詞是表示某物在序列中位置的數詞。

*His planning application was rejected for the **fourth** time.*
他的規劃申請第四次被否決了。
*When he slipped past, on the **tenth** of the 30 laps, the race was as good as over.*
比賽共跑 30 圈，當他第 10 圈超出後，比賽實際上等於結束了。
*He could only finish **fifth**.*
他僅僅只能獲得第五名。

構成
formation

它們在基數詞詞尾上加 **-th** 構成，如 seven**th**、 fourteen**th**、hundred**th**。

但有幾個例外：**first**（來自 one）、**second**（來自 two）、**third**（來自 three）、**fifth**（來自 five）、**eighth**（來自 eight）、**ninth**（來自 nine）、**twelfth**（來自 twelve）以及它們所構成的複合詞：**twenty-first**（來自 twenty-one）、 thirty-second（來自 thirty-two）等等。

縮寫
abbreviations

序數詞可書寫成數字，後接其最後兩個字母：**1st**（指 first）、**2nd**（代表 second）、**3rd**（代表 third）、**4th**（代表 fourth）、**5th**（代表 fifth）、**21th**（代表 twenty-first）、**100th**（代表 hundredth）等等。

作限定詞和代詞
as determiners and pronouns

序數詞可用作限定詞和代詞。

*She was the **first female sub-editor** ever on a British newspaper.*
她是英國報界有史以來第一位女助理編輯。
*The design is based on two assumptions. The **first** is that not all people have the same interests and abilities.*
設計建立在兩個假設基礎之上。其一是並非所有的人興趣相同、能力一樣。

像上面例句一樣，序數詞通常與 the 連用，因為，在大多數情況下，從上下文或普通常識中可知道說話者指一系列事物。

*I had assembled a team of ten, but now had only nine. **The tenth** had fallen under a table.*
我組成了一個 10 人小組，現在只剩下 9 個了。第 10 個已喝得爛醉。

序數詞也可與其他特指限定詞連用。

***My first** reaction was to hit him, but he was old. **My second** was to resign.*
我的第一反應是揍他，但他年紀已大。後來想到的是辭職。
***This fourth** annual show is going to be our finest.*
第四屆年度展示會將是我們最出色的一屆。

但這種用法有許多例外情況，如想集中說明從上下文或一般常識可能無法知道的特定項目。在這些情況下可用 a 或 an。

*His father had **a first** wife who died.*
他的父親曾有第一個妻子，她已去世。
*There was **a third** reason for haste.*
匆忙行事還有第三個理由。

另外兩個詞，**next** 和 **last**，與序數詞相似，因為它們幫助表示某物的次序。它們也趨向於與定冠詞連用。

***The next** thing he heard was an insistent knocking on the door of his room.*
緊接着他聽到的是在他房間門上的急切敲門聲。
*Brenda took **the last** bite of her omelette.*
布倫達吃下了最後一口煎蛋。

但在 next week 和 last night 一類表達式中，通常不用 the。

*I'm going back **next week**.*
我下週返回。
***Last month**, IBM launched its most powerful mainframe computer to date.*
上個月，IBM 推出了該公司迄今為止功率最大的主體電腦。

當序數詞與基數詞連用時，通常序數詞在前。

*The student reads chemistry for the **first two** years.*
前兩年，學生要學化學。
*The club is gripped mainly by the **last three** fingers of the left hand.*
球桿主要靠左手的最後三個指頭握緊。

這種用法也有明顯的例外。事實上，這時的基數詞是複合形容詞

63

或名詞的一部份。

> **Two first class** stamps please.
> 請來兩張一級郵票。

下一個例子說明 first 的這兩種用法。

> They lost their **first three first division** fixtures.
> 他們在甲級運動項目的前三項失利了。

用於日期
in dates

序數詞也可用於日期，表示一月中的某一天。例如在英式英語中，可説 March the first 或 the first of March；在美式英語中，March first 更常用。在書寫時，縮寫形式更多用：March 1st，甚至 March 1。

基數詞也可用於分數。關於這一用法，參見下面 **5.5** 節。

5.4 倍數詞：twice、three times 等

構成
formation

倍數詞是一組詞或短語，用以表示某物較與之相比的事物在數量上要大。除 **twice** 之外，它們由數詞加 times 構成（**three times**、**four times**、**a hundred times** 等）。

> And of course you get **twice** the profit.
> 當然你可得到兩倍的利潤。
> The result is a brain **three times** the size of a human-sized ape.
> 結果是比與人身材相當的類人猿大腦大三倍的大腦。

在這種情況下，**double** 的意思與 twice 一樣。

> Everything was almost double the normal price.
> 樣樣東西幾乎都是平時價格的兩倍。

作前位限定詞
as predeterminers

倍數詞可用於 the 和其他特指限定詞＋名詞之前作前位限定詞表示大小或數量。

> The bigger one is more than **twice the size**.
> 稍大的一個是這個尺寸的兩倍多。
> This will easily hold **twice your weight**.
> 這個將很容易地承受相當於你體重兩倍的物體。

這些詞不能用作數量詞。不可説 twice of the weight。

thrice

Thrice 是表達 three times 的古老用法。

*These enemies were serious men and women **thrice** his age.*
這些敵人有男有女，年齡是他的三倍，是些需要認真對待的敵人。

作副詞
as adverbs
倍數詞也用作副詞。

*His mother married **twice**.*
他母親結過兩次婚。

Twice 表示"兩次"。有時間段時，twice 或其他倍數詞可用於 a 之前，談論定期發生的事情。

*He didn't have a regular housekeeper, just an old lady who came in **twice a week**.*
他沒有正式的女管家，只有一位每週來兩次的老婦人。
*This should be drunk **three times a day**.*
這個應該每日喝三次。

這些表示"每週兩次"或"每日三次"。

用於 as 之前
before 'as'
As 可用在倍數詞之後指明某物借以比較的程度或要素。

*It weighs **twice as** much as a family car.*
它的重量是家用小車的兩倍。
*There are **five times as** many widows as widowers.*
寡婦人數是鰥夫人數的五倍。
*The fat cells in an obese person may be **100 times as** large as those in a thin person.*
肥胖的人的脂肪細胞大小可能是瘦人的 100 倍。

作形容詞
as adjectives
倍數詞可作形容詞。這時它們用連字號連接。

*The news will come as a relief to Prost, the **three-times** world champion.*
這條消息將會使三次世界冠軍獲得者普洛斯特鬆一口氣。

Twice 可用於複合形容詞中。

*Another hate was the **twice-weekly** inspections by the colonel.*
另一項令人憎惡的事情是上校每週兩次的視察。

5.5 分數：a third、two-fifths 等

構成
formation
分數是小於 1 的"數詞"。它們用來表示部份，即某物的一部份。它們由兩部份組成：第一部份為基數詞或 a，第二部份是序數詞（或 quarter）。

*Nearly **a third** of those asked gave no opinion.*
幾乎三分之一被詢問者未談看法。

*Doctors fought to save him for **three quarters** of an hour.*
醫生們花了三刻鐘時間全力搶救他。

分數通常由連字號連接，但並沒有嚴格的規定。

One-third of the awards have been given to women.
三分之一的獎已授給了女性。
*Today **one third** of the world's households are headed by women.*
當今，世界上有三分之一的家庭由婦女掌管。

A 或 an 之後不用連字號。

雖然可說 a third 或 one third，但在所有這類分數中，a（或 an）要常用得多。

*I have written **a quarter** or **a fifth** of the book.*
這本書我已寫完了四分之一或者五分之一。

可用數字書寫分數：1/2、2/5。但序數詞的常用縮寫式不用於分數中。不能書寫 one 3rd。

複數
plurals

如果第一個數目大於 1，那麼序數詞必須用複數。

*They represented only **two-fifths** of the foreign population in 1982.*
他們僅代表 1982 年時五分之二的外國人口。
*The fact remains that **nine-tenths** of women in this country do have children.*
事實仍然是這個國家十分之九的婦女育有子女。

作數量詞或
前位限定詞
as quantifiers or
predeterminers

分數常常用作數量詞。

*I paid $7,500 for **a third of the business**.*
我為三分之一的生意花了 7,500 美元。

它們只與表明數量的名詞連用作前位限定詞。

*The US emits eight times as much carbon dioxide as India, despite having less than **a third the population**.*
儘管美國的人口不到印度的三分之一，但其二氧化碳的排放量卻是印度的八倍。
*He raced **three-quarters the length** of the pitch.*
他跑了場地四分之三的距離。

常常會涉及事物的比較。

*Melbourne and Sydney had less than **one-third the concentrations** of sulphur dioxide found in New York and Tokyo.*
在墨爾本和悉尼，二氧化硫彌漫的密度還不到紐約和東京的三分之一。

泛指名詞詞組也可置於 of 之後。

Two-fifths of respondents *want to work elsewhere.*
五分之二的問卷回答者想到其他地方工作。
About ***three quarters of visitors*** *to the Disney parks in the US are over 18.*
去美國迪斯尼公園參觀的人大約有四分之三在 18 歲以上。

分數可像代詞一樣來用。

The content should be reduced by ***one-third****, they recommended.*
含量應減少三分之一，他們建議。
The discount rate is up by ***three-quarters****.*
打折率已升高四分之三。

Fourth 和 **quarter** 含義相同，但 quarter 在英式英語中更常見，而美式英語多用 fourth。

It said youngsters were responsible for ***three-quarters*** *of car crime.*
據說四分之三的汽車犯罪應由年輕人負責。
Three fourths *of all the lawyers in the world practice in the United States.*
世界上四分之三的律師在美國開業。

Quarter 也可用來表示幾點差 15 分鐘或過 15 分鐘。有許多可能性。在英式英語中，可說 quarter to 和 quarter past。有些人在 quarter 前用 a。在美式英語中，可說 a quarter of 和 a quarter after。

It was about ***quarter to twelve*** *when she phoned. (11:45)*
她在 11:45 左右打的電話。
Nobody else turned up till ***a quarter past ten****. (10:15)*
直到 10:15 才有其他人出現。
Nancy glanced at her wristwatch. It showed a ***quarter of two****. (1:45)*
南希匆匆看了一眼手錶。時間應該是 1:45 了。
The time was recorded at ***a quarter after five****. (5:15)*
所記錄的時間是 5:15。

也可用 a quarter of an hour 表示 15 分鐘。

Within ***a quarter of an hour*** *I was entering the woods.*
在一刻鐘之內，我開始進森林了。

Quarter 作為名詞有許多特殊意義，如一年中的一個季度。

*Expectations of employment levels during the next **quarter** continue to worsen.*
下個季度就業人數預期仍在繼續惡化。

它也可表示值 25 分的美國或加拿大硬幣。

*I dropped **a quarter** into the slot of the pay phone.*
我向付費電話投了一枚 25 分硬幣。

一個 quarter 可指城鎮或城市中的一特定地區。

*This **quarter** was rich in historical and literary associations.*
這個地區具有豐富的歷史和文學積澱。

它還可泛指造成某種情況的人。

*There was nothing to fear from that **quarter**.*
那方面沒有甚麼可怕的。

5.6 Half 的用法

作數量詞
as a quantifier

Half 是一個非常有趣的詞，因為它有許許多多的用法。它可像其他分數一樣使用，即與 a 或 one 連用作數量詞。One 聽上去更為強調。

***One half of the park** consists of an excellent museum.*
公園的一半由一座非常好的博物館構成。
*Nearly **a half of the army** remained in Britain.*
軍隊中幾乎一半的人留在了英國。

Half 也可不帶 a 或 one 作數量詞。

***Half of the table** was concealed by a column.*
工作檯的一半被柱子擋住了。

half 和 a half 的
區別
difference
between 'half'
and 'a half'

A half of the table 也可用，但意思稍有不同。它更能表示準確部份的意思，如由於工作檯可分成兩半。

*The weather had been unexpectedly rough for nearly **a half of the** two-week winter cruise.*
在兩週的冬季巡遊中，出人意料的糟糕天氣幾乎持續了一半時間。

這是指一段持續的時間。若説 for nearly half，則可能表示惡劣天氣出現在不同的時間。

用於泛指限定詞之前
before indefinite
determiners

Half of 可用於泛指限定詞之前。

*Dina is not a solo performer but **half of a** double act.*
迪娜不是一位單獨表演者，而是雙人節目的表演者之一。

也可説 a half of a 或 one half of a。

作代詞
as a pronoun

後面不接名詞時，a half 比 half 或 one half 更常見。

*The proportion rose from a quarter to **a half**.*
比率從四分之一上升到了二分之一。

用於數詞中、置於
and 之後
in numbers after
'and'

當 half 位於數詞和其他單位詞（如時間段）的末尾時，前面必須加 and 和 a。

*The weight is about **four and a half** kilograms.*
重量大約是 4.5 公斤。
*I must have slept three hours in the past **day and a half**.*
在過去的一天半時間裏，我肯定只睡了三個小時。

不可説 four and half。

作前位限定詞
as predeterminer

Half 也可用作前位限定詞，即置於另一限定詞之前。

***Half the building** was in flames.*
半座樓房陷於火海之中。
*That means you'll be there **half the night**.*
那意味着你將在那兒呆半個晚上。
*More than **half this land** is unused.*
這塊地有一多半未利用起來。

這與説 half of this land（以上面最後一句為例）無甚麼差別。One 或 a 也可加在前面，但這種用法很少見。

*These are about **one half the cost** of adding the additional capacity by using more turbines.*
這些大約是通過使用更多的渦輪機來增加更多的能量所需成本的一半。

談論固定數量時，不能用 of 結構。Half 必須用作前位限定詞。

*I ordered **half a pint** of lager.*
我要了半品脱淡啤酒。
*Can I have **half a pound** of cooking apples?*
給我稱半磅宜煮熟吃的蘋果好嗎？

不能説 half of a pint 或 a half of a pound。

複合名詞
compound nouns

Half 可用於許多名詞之前構成複合名詞。通常這類名詞用連字號連接。

*I gave him a reproachful **half-grin**.*
我朝他咧了咧嘴，半笑不笑地表示責備。
*I first met them in the **half-light** of an early dawn.*
我第一次遇見他們是在黎明天蒙蒙亮的時候。

*He claimed another goal before **half time**.*
在半場休息之前，他又進了一個球。

half a ...和
a half ...的區別
difference
between 'half a ...'
and 'a half ...'

Half a 和 a half 均可用於許多普通名詞之前。第二選擇有時有連字號。兩者的含義有細微差異。Half a ...表示整體中的一部份的數量含義，而 a half ...則表示一確定的單位。

*I must have had at least **half a bottle** of wine with the meal.*
我肯定吃飯時至少喝了半瓶葡萄酒。
*He had drunk **a half bottle** of vodka that morning.*
那天早上，我喝了一半瓶裝的伏特加酒。

在第二個例句中，瓶子的酒只有一半多。與時間段和距離 (如小時和英里) 連用時，可說 half an hour 和 half a mile。但若要表達明確或準確單位，還可說 a half-hour 和 a half-mile。

*He left **half an hour** ago.*
他半小時前離開了。
***A half-hour** later he tried again.*
半小時後他又試了一次。
*A ticket is £10 for a whole day and £5 for **a half day**.*
全天的票價是 10 英鎊，半天的為 5 英鎊。
*The avenue ran straight for **half a mile**.*
這條小路筆直延伸半英里。
*The flat they had assigned to me was about **half a kilometre** away.*
分給我的公寓距這兒大約一公里。
*The Horse Park is located **a half-mile** west of Highway 280 on Sand Hill Road.*
豪斯公園座落在距 280 號公路以西半英里的沙丘路上。

當前面有另一個限定詞或形容詞時，half 通常用作複合名詞的一部份 (但是注意該複合詞並非總是用連字號連接)。

*She dialled his number **every half-hour**.*
每隔半小時，她撥一次他的號碼。
***Another half-minute** would surely have been enough.*
再有半分鐘的話時間就足夠了。
*He wasn't expecting to enjoy **the next half-hour**.*
他覺得下半個鐘頭會很不好過。
*They have checkpoints, roadblocks **every half mile** or so.*
每隔半英里左右，他們便設有檢查站和路障。
*Two special ponds were dug for the newts, **a safe half-mile** away.*
為蠑螈挖了兩個特殊的池塘，它們位於半英里之外的安全地帶。

*Brine realised it would be **a full half-hour** before Myra would get home.*
布賴恩意識到要過整整半小時，邁拉才能到家。

在最後一個例句中，也可說 fully half an hour。

Half 可用於時間表示幾點過 30 分鐘。通常必須說 half past。

*It was about **half past six** when she heard Patrick's key in the door.*
大約六點半左右，她聽到了帕特里克的開門聲。

但在非正式英語中，past 可以省去。

*I will try and give you a ring about **half six** tonight.*
今晚六點半左右，我將設法給你打電話。

Half 也可作副詞置於動詞和形容詞之前。意思相當於"部份地"。

*I **half rose** then sat back down again.*
我正欠身起立又坐回原處了。
*He **half suspected** that Paula might try something.*
他有點懷疑葆拉可能會幹甚麼事。
*This is surely at least **half right**.*
這無疑至少有一半是對的。

Half 也可作複合形容詞的一部份。

*The Duchess turned away from the **half-open** window.*
公爵夫人把臉從半掩的窗戶移開了。

作為具數名詞，half 有一些特殊意義（複數為 halves）。它可表示足球一類體育比賽的半場，或表示半品脫的飲品（如啤酒）。

*He scored an unusual goal early in **the second half**.*
下半場開賽不久，他打進了一個不同尋常的入球。
*She sipped **a half** of lager and listened to his ramblings.*
她啜飲了半品脫淡啤酒，聽他漫無邊際的閒聊。

某人的 **other half** 指其丈夫或妻子。這是一種非正式用法。

*They said it was high time they met **my other half**.*
他們説該是他們見一見我另一半的時候了。

將某物切、撕、摺 **in half**，指將其切、撕、摺成相同的兩部份。

*I folded it **in half**.*
我將它對摺。

Not half 在非正式英語中可表示"非常"的意思。

It isn't half hard to look at these charts.
看這些圖表非常困難。
They didn't half like it.
他們太喜歡它了。

第二個例句表示他們非常喜歡它。

Half 也可用於強調否定特徵。

You're not half the man you think you are.
你一點也不是你自認為的那種人。
He hasn't half the strength of character Ritchie has.
他一點也不具備里奇那樣的堅強性格。

將某物增加或減少 **by half** 表示將其數目增加或減去一半。

Taxes were slashed, bringing top rates down by half.
稅額被大幅度削減,使得最高的稅率下降了一半。

6

說明某物的量或數
Talking about the existence of an amount or number of something

some、any、no

這些是英語最重要單詞中的三個，因此正確使用它們很重要。**Some** 用於談論某物的一定數或量，說明或暗示一定的數或量存在，但不確指。對某物是否存在沒有把握時，可用 **any**。關於 any 的另一種用法，參見第 7 章。**No** 用於名詞前表示某物不存在。

這些詞在下面幾節討論：

6.1 Some 的基本含義
6.2 Some 的其他用法
6.3 Any 的用法
6.4 No 的用法

6.1 Some 的基本含義

Some 的基本含義是表示某物的一定量或數，但不確指，相當於說 a certain amount of（一定量的）或 a certain number of（一定數的）。表達這個意義時，some 可與複數具數名詞和不具數名詞連用。

> *He wanted to know if I had **some ideas** for him.*
> 他想知道我可否給他出些主意。
> *First ask yourself **some questions**.*
> 首先問你自己一些問題吧。
> *He rose abruptly and slapped **some money** on the bar.*
> 他突然站了起來，啪的一聲將一些錢擲在了櫃檯上。
> *Let's go up and have **some tea**.*
> 咱們上去喝點茶吧。

讀音
pronunciation

Some 可有兩種讀音：非重讀時，發 /səm/，它是 some 的常見讀音；重讀或單獨使用（如位於句末）時，發 /sʌm/。通常在閱讀時，無法知道 some 重讀還是非重讀。如果説話時重讀 some，則意味着説話者在把聽話人的注意力吸引到令人吃驚的事情上。

*There was **some evidence** of the possibility of an attack.*
有一些可能發動進攻的證據。

作代詞和數量詞
as pronoun and
quantifier

除了作限定詞用之外，some 也可作代詞和數量詞。

*If a client is truly lazy, as **some** are, counseling will fail.*
如果接受諮詢的人像有些人那樣真的很懶，諮詢服務便會失敗。
*We can look back to understand **some of** our behaviour.*
我們可回過頭來理解我們的一些行為。

在這兩種情況下，some 讀作 /sʌm/。

當 some 作代詞時，它一般指可從上下文中推測出的事物。例如在下例中，它指 some ideas。

*If the Government has no specific ideas, perhaps readers of this newspaper would like to offer **some**.*
如果政府沒有具體的構想，也許這份報紙的讀者願意主動提供一些。

但有時它並不返指，而是泛指人。

*He returned a global hero, an almost godlike figure for **some**.*
他以令世人注目的英雄身份榮歸故里，有些人幾乎把他視為神。

some 或不帶
限定詞
'some' or no
determiner

有時，名詞帶 some 和名詞不帶限定詞差別甚微。説 some women were screaming 與説 women were screaming 意思接近。第一個句子僅強調一些婦女捲入此事，而第二句清楚地表明哪類人在大聲尖叫。

not all

Some 常常在意義上與 all 一類更準確的限定詞相對立。在下面的例句中，some 表示並非所有的意思，通常在口語中重讀。

***Some** but **not all** states have licensing requirements.*
某些但並非所有的州要求有許可證。
*Yesterday's results provided only **some** of the answers.*
昨天的結果僅僅提供了部份答案。

some... some
some...others

若想比較兩個羣體，可將 some 使用兩次。

***Some** of the pieces are built in, **some** are not.*
有些傢具是嵌在牆內，有些沒有。
***Some** parents did it only once a week, **some** said they never did.*
一些父母每週僅做一次，一些父母則説他們從來不做。

另一種可能性是使用 some，後接 others。

*It is not clear why **some** storms develop into hurricanes while **others** do not.*
為甚麼有些風暴發展成了颶風，而另一些則沒有還不清楚。
*Researchers gave toys to **some** birds but not **others**.*
研究者給有些鳥提供玩具，而未提供給另一些。

some other Some 可與 other 一起用在名詞之前。

*I got the story from Tom and **some other** people who had worked with him.*
我是從湯姆以及與湯姆曾經工作過的一些其他人那裏聽到這個故事的。

some more 還請注意 some 如何用於 more 之前，表示額外數量的意思。

*She gave Harold **some more** sweet potatoes from her plate.*
她從自己的盤子裏又取了一些馬鈴薯給哈羅德。
*We talked **some more**.*
我們又談了一會。

換句話說，她已經給了哈羅德加了一些馬鈴薯；我們已經談了一些。

6.2　Some 的其他用法

Some 可成為一個理解起來有困難的詞，因為它具有表示特殊意義的其他用法。儘管這些用法不及前面描述的用法常見，但也需要知道。在所有這些用法中，some 讀作 /sʌm/。在某些情況下，some 將違背不與單數具數名詞連用的規則。

指不明確的事物
referring to
something vague 它可用來表示某物未知或不重要。通常，這種用法很不正式。

***Some** man's voice was talking to him.*
正與他談話的是某個男人的聲音。

注意，在這種情況下，some 像在例句中一樣與單數具數名詞連用。

Some 可用於強調某物應該存在，儘管其確切所指未知。

*There must be **some very deep reason** for this.*
此事肯定有某種深層的原因。
*She will have to offer her family **some explanation**.*
她將不得不向家人做出某種解釋。

同樣，它與單數具數名詞連用，而且重讀。

與時間段連用
with time periods 它可與指時間段的名詞，如 time、hours、days 和 years 等連用表示一段時間。

75

*He had been ill on and off for **some time**.*
他斷斷續續病了不少時日了。

*After university she became a schoolteacher for **some years**.*
大學畢業後，她當了好些年教師。

用於數詞之前時，some 可表示 "大約" 或 "大概地"。

*Indonesia is home to **some ten** per cent of the world's tropical rain forest.*
印度尼西亞是世界上大約百分之十的熱帶雨林的生長地。

*In 1850 **some fifty thousand** women worked in such places.*
1850 年，大約五萬婦女在這樣的地方工作。

在這種情況下，some 是副詞，具有少許書本色彩。

它還可與單數具數名詞連用表示讚美。

*It was **some story**.*
這的確是個不錯的故事。

這種用法非正式，是典型的美式用法。它需要讀得很重。

它可作副詞表示有相當大的量或相當大的程度。

*On this evidence they'll have to wait **some**.*
有關這項證據，他們必須等待一陣。

這種用法非正式，是典型的美式用法。

還有一個表達式 some day。它的意思是將來的某個非特定時間。

*They say they'll stop dieting **some day**, but not right now.*
他們説將來某一天他們將停止節食，但不是現在。

Some 在這裏重讀。

6.3 Any 的用法

Any 可用來談論某物，但不肯定它的量或數的存在。表達這個意義時，它可與單、複數具數名詞及不具數名詞連用。

*I can't see **any reason** for this.*
我看不出做這事的任何理由。

*It is not known if there were **any survivors** in the crash.*
在墜毀事故中是否有生還者還不清楚。

*It's not making **any money**.*
這賺不到甚麼錢。

第 7 章討論 any 的另一個含義。

Any 是我們在 **1.8** 節所討論的非肯定限定詞中的一個。它通常用於否定句、疑問句、條件句，用於具有某種否定含義的單詞，如 never 、 hardly 、 without 或 prevent 等之後。在這些情形中，不說明某物的存在（詳見 **1.8** 節）。

> *We did**n't** get **any** complaints.*
> 我們沒有接到甚麼投訴。
> ***Nobody** makes **any** money out of old boats winning races.*
> 沒有人通過使用舊船贏得比賽而賺錢。
> *Have we got **any** ideas for that?*
> 對此我們有沒有甚麼主意？
> *Then he moved forward without fear, **without any** emotion.*
> 然後他毫無懼色，毫無情感地向前走去。

但是， any 也可用於其他情形，避免暗示某物存在。

> *You must banish **any** guilt from your life.*
> 你必須拋棄生活中的任何內疚感。
> *He dismissed **any** thoughts of his finger preventing him from playing.*
> 他打消了手指會阻止他彈琴的任何念頭。
> *Your doctor or surgeon will answer **any** questions you may have.*
> 你的內科或外科醫生會回答你可能提出的任何問題。

這裏，不肯定存在任何內疚感或念頭。由於使用 any 可避免說明某物存在，因此，它常常是提及令人不愉快事情的一種禮貌方法。

說 any 用於否定句和疑問句，而 some 不能，是不符合實際的。這兩個詞有不同的含義，因此，均有可能用於疑問句和條件句。

> *Has anybody else shown **any** interest in this?*
> 有無其他人對此表現出興趣？
> *Have you brought me **some** money?*
> 你給我帶了一些錢嗎？
> *If you have **any** questions, please write to us.*
> 如果你有甚麼問題的話，請給我們寫信。
> *If you have **some** extra cash, you can pay more.*
> 如果你有多餘的現金，可再付一些。

兩者的差別在於期望值。使用 some 暗示一定的量或數事實上存在，但使用 any 沒有這樣的含義，由於這個原因，some 傾向於用在提出幫助和請求中。

*Would you like **some** wine?*
來些葡萄酒好嗎？
*Could we have **some** coffee please?*
給我們來些咖啡好嗎？

然而，some 極少用於否定句，除非用於強調。

*It should be for all our children, **not** just **some**.*
這應該適用於我們所有的兒童，而不僅僅是某些孩子。

有時，在否定詞之後 some 和 any 的意思極不相同。

*He did**n't** like **some** of the ideas.*
他不喜歡其中的某些觀點。

這暗含着他的確喜歡其中的其他一些觀點。如果説 He didn't like any of the ideas，則表示他一個觀點都不喜歡。

作代詞或數量詞
as pronoun or
quantifier

Any 也可作代詞和數量詞。

*I don't give advice to you because I don't have **any**.*
我無法給你提建議，因為我提不出任何來。
*Technically, I haven't broken **any of** the rules.*
嚴格地講，我並沒有違反任何規則。

用於比較級之前
before
comparatives

Any 可作副詞用於 different、more longer 及其他比較級詞之前。

*So is it **any different** to any other car?*
那麼它與其他車有甚麼區分嗎？
*I wasn't enjoying life **any more**.*
我不再享受生活了。
*Landlords say they will not wait **any longer**.*
房東們説，他們不會再等待了。
*It doesn't get **any easier**.*
這並未變得容易起來。

6.4 No 的用法

No 用於陳述某物不存在。它可與不具數名詞及單、複數具數名詞連用。

*There is **no evidence** that the operation increases the risk of breast cancer.*
沒有證據表明該手術會使患乳腺癌的危險增大。
***No details** of the peace plan have been given.*
有關這一和平計劃的細節尚未透露。
*She had **no pen** to write down his address.*
她沒有筆來寫他的地址。

*You've got **no chance** of getting the job.*
你不可能得到這份工作。

語氣比 not any 強
stronger than
'not any'

與 not any 相比，no 語氣更強。它強調的是否定含義。在上述例句1中，若說there isn't any evidence，則不及原句語氣強。但是，在句首出現時，只能用 no 不能用 not any。

***No** decision will be taken before the autumn.*
在秋季到來之前不會做出任何決定。

在告示中
in notices

注意，當某事被禁止時，特別是在告示中，常用 N O：N O SMOKING、NO PARKING。

No 只用作限定詞，不用作代詞或數量詞。而 none 則可用作代詞或數量詞 (但不做限定詞)。

*There were lots of complaints about the boys, but **none** about the smoke.*
對這些男孩有許多抱怨，但沒有關於抽煙的抱怨。
*I don't know what's going to happen. **None of us** do.*
我不知道將發生甚麼事。我們誰也不知道。

像在上例中一樣，它可與複數動詞連用。但有些人認為用單數動詞更為正確。

*The Republicans have ten candidates, but **none looks** like a winner.*
共和黨有 10 位候選人，但沒有一個看上去會獲勝。

no 用於比較級之前
'no' before
comparatives

No 可用作副詞置於 longer、more 及其他比較級詞和 different 之前。

*His best was **no longer** good enough.*
他最好的衣服已不夠好了。
*This test takes **no more** than thirty minutes.*
這個測驗需時不超過 30 分鐘。
*She was **no better** the next day.*
第二天她未見好轉。
*He's **no different** to the others really.*
他的確與其他人沒有甚麼區別。

no 用於回答
'no' in
answers

記住，no 還有另一個完全不同的用法：作疑問句的否定回答。

*'Do you know him?' — '**No**, I don't.'*
"你認識他嗎？"──"不，我不認識。"

7 說明某物的全部
Talking about the whole of something

all、every、each、any

All、**every** 或 **each** 可用來談論一組事物的全部。All 也可用來談論某一事物的全部。這三個詞有不同的意義，用法也不相同。一般來說，all 指作為整體的一組事物，而 every 和 each 指由單個成員組成的一組事物。但是，each 和 every 之間也有一些區別。**Any**（在這個意義中）可用於表示從一組事物中選擇任意一個或多個事物。Any 的另一種用法在第 6 章講解。

> *All Britain's motorways are free at present.*
> 英國的所有高速公路現在都是免費的。
> *Every street has a bar of some sort.*
> 每條街上都有某類酒吧。
> *Each farmer was armed with a rifle.*
> 每位農場主都配有步槍。
> *As a result, serious accidents of any kind went unreported.*
> 結果，任何一類嚴重事故都未報道。

這些詞在下面幾節討論：

7.1 All 的主要用法

All可用來談論某物的全部或整體。它可單獨用於複數具數名詞和不具數名詞之前，完全概括每一可能的人或物或概括特定語境中的每一可能的人或物。

> *The fact is that **all dogs** bite.*
> 事實是所有的狗都咬人。
> ***All visitors** will have to apply for visas.*
> 所有訪問者都必須申請簽證。
> *I gave up eating **all beef** when I first heard of BSE.*
> 我首次聽說牛海綿狀腦病後便不再吃任何牛肉。
> ***All information** will be held in strictest confidence.*
> 所有信息都將絕對保密。

注意
WARNING

通常，all 不與單數具數名詞連用。如不能說 all child has a right to education。但有幾種例外情況。這些在下面的 **7.2** 節討論。

作前位限定詞
as predeterminer

All 作前位限定詞 (參見 **1.9** 節) 與 the 連用可談論一特定羣體中的或一特定情形中的每一個事物。

> *I will fill in **all the** missing gaps.*
> 我將彌補所有空缺。
> ***All the** ironing is done.*
> 所有待熨的衣服都熨好了。

All 也可用於其他特指限定詞，如物主限定詞和指示詞之前。

> *She had worked **all her** life.*
> 她畢生都在工作。
> *They rejected **all that** technology for political reasons.*
> 出於政治原因，他們拒絕全盤接受那些技術。
> *There were small bits of truth in **all these** suggestions.*
> 所有這些建議都有一點點事實根據。

作數量詞
as quantifier

All 也可作數量詞，意義相同。

> *They should then send you **all of the** software you need.*
> 他們應把你需要的所有軟件都送給你。
> ***All of the** activities we tried worked.*
> 我們所嘗試做的所有活動都進展順利。
> ***All of these** armies would have the manpower to fight a long war.*
> 所有這些部隊本都有打持久戰的兵力。

這種用法在美式英語中比在英式英語中更常見。

注意
WARNING

All of 不能用於不帶 the 或另一特指限定詞的名詞之前。說 all

of people 或 all of milk 是錯誤的。

All 作數量詞可置於人稱代詞之前。

> *It was an incredible time for **all of us**.*
> 對我們大家來説這真是難以置信的時刻。

這裏不能説 for all us，但 all 可直接用於作代詞（和限定詞）的指示詞之前。

> *She has ignored **all this** and made an extra effort.*
> 她不顧這一切，而且格外盡力。

也可説 all of this。

All 很少單獨用作代詞，表示 everything 或 everyone。若説 tell me all，則聽上去相當過時。更常用的説法是 tell me everything。然而，在某些情形下，這種用法聽上去則完全自然和正確。

- 在 about 之前

  > *I'll tell you **all about** it later.*
  > 我以後會告訴你有關這件事的一切。

- 當 all 後接關係從句時（參見下面內容）

  > *I'll give you **all that I have**.*
  > 我將把我所擁有的一切都給你。

- 用於指物的固定表達式中，如 if all goes well、all is lost 和 all will be revealed 等等。

  > ***If all goes well**, the Harlow velodrome could be up and running by next Summer.*
  > 如果一切順利，哈洛賽車場可能會在明年夏天之前建成並投入使用。

- 用於指人的固定表達式中，如 to all concerned、all are welcome 和 a good time was had by all。

  > *We hope it will be an enjoyable day **for all concerned**.*
  > 我們希望這將成為所有參與者開心愉快的一天。

All 作代詞還見於其他表達式，詳見下面第 **7.3** 節。

除在上面最後一組表達式中之外，all 通常指物。若要談論人，可説 all those，後接關係從句或其他後置修飾短語。

> *The authorities say they've now released **all those** detained.*
> 當局説，他們現已釋放了所有被拘留的人。

這種用法很正式。

與關係從句連用
with relative
clauses

當 all 後接關係從句時，可表示一切事物。

> He accepted **all that was good in life** as his due.
> 他以為生活中一切美好的東西都是他應該得到的。

像在下面例句中一樣，它也可表示"唯一事物"。

> It's **all I ever wanted to do**.
> 這是我一直唯一想做的事。
> Eventually **all I could see** was their eyes.
> 最後，我唯一能夠看見的是他們的眼睛。

在這兩個例句中，關係從句位於動詞 be 之後或之前。

用於否定句句中
in negatives

All 為主語的一部份時，很少與否定動詞連用。這是因為像 All flats aren't expensive 這樣的句子有兩種意思：No flats are expensive（所有的公寓都不貴）或者 Not all flats are expensive（並非所有的公寓都昂貴）。

延遲使用的 all
delayed 'all'

另一種使用 all 的方法是將其推後，置於它所指的名詞之後。

> **Our muscles and our joints all** need regular exercise.
> 我們所有的肌肉和關節都需要定期運動。

這與說 All our muscles and joints 意思一樣。這一型式常常與人稱代詞連用。

> **They all** love flying.
> 他們所有人都喜愛飛行。
> And then **we all** decided to have false names.
> 此外，我們大家都決定取假名。

They all 與 all of them 相同；we all 與 all of us 一樣。

延遲使用的 all 的
位置
position of
delayed 'all'

當延遲使用的 all 與句子主語連用時，必須注意 all 的位置。若只有一個動詞，那麼，all 像上述例句一樣用於動詞之前。但若動詞是 be、all 則用於動詞之後。

> We **are all** flight attendants.
> 我們都是空中服務員。

若有助動詞，那麼，all 置於第一個助動詞之後。

> We**'d all** like to make easy money.
> 我們大家都想賺容易得來之錢。
> They**'re all** drinking wine or brandy.
> 他們個個都在喝葡萄酒或白蘭地。

有些人認為將 all 置於 be 或助動詞之前是錯誤的（如 they all are drinking）。但在口語，尤其是美式口語中，當 all 重讀時，的確如此使用。

> **They all are** just interested in making money.
> 他們個個只對賺錢感興趣。

有一種必須用這個語序的情形：當為了避免重複，句中助動詞之後的部份被省略時。

> He was influenced by his background but **we all are**.
> 他受家庭背景的影響，但我們也一樣。
> If one moved, **they all would**.
> 若一個移動，其他所有的也會跟着移動。

延遲使用的 all 與賓語連用
delayed 'all' with objects

All 同樣還可以與位於動詞之後的賓語連用，但僅與人稱代詞連用。

> Thank **you all** for your calls.
> 謝謝大家打來電話。
> While we can have **it all**, we can't do **it all**.
> 儘管我們可擁有這一切，但我們無法做這一切。

不能說，I like the people all。

all 的小結
summary of 'all'

All 有下列用法，這可作為到目前為止所講的內容的小結。

> **All** lies are bad.
> **All** the lies are bad.
> **All** of the lies are bad.
> The lies are **all** bad.
> **All** of them are bad.
> They are **all** bad.
> **All** are bad.
> They **all** are bad.

在這些可供選擇的句子中，All are bad 相當罕見。有些人則會認為 they all are bad 不正確。

7.2　使用 all 的其他方法

用於時間表達式中
in time expressions

All 常作限定詞與 day、night、morning、week、month、year 和季節名稱一類單數具數名詞連用說明整個一段時間。

> It took **all night** to blow up two balloons.
> 給兩隻氣球充氣花了整整一個晚上。

*I'll be tied up **all day** now.*
我現在整天都會忙得不可開交。
***All summer** they were excavating the courtyard outside.*
整個夏天他們都在挖掘外面的院子。

這些表達式也可加 the 構成（all the night）；偶爾也可加 of the
（all of the night）。另一表達式是 all the time，意思為 "一直"
或 "總是"。

*I was in a state of panic and anxiety **all the time**.*
我一直處於恐慌和焦慮狀態之中。
*He did not tell the truth **all the time**.*
他一向不講真話。

與單數具數名詞
連用
with singular
count nouns

還有另外一些單數具數名詞可與 all 連用。這些詞是 way、
world、family、book、country 和 house。它們可被視為由
部份構成的整體。

*So I drove **all the way** down there.*
因而我一路開車前往那裏。
***All the world** knows.*
舉世皆知。
*I'd got **all the house** done and everything all sorted.*
我已請人打掃了整幢房子、整理好了所有東西。

這裏的定冠詞 the 必須要。也可說 all of the way 和 all of the
world。

有時，通常作具數名詞的詞可被用作不具數名詞談論一抽象特
性，而不是物體。在這種情況下，all 可置於名詞之前，不帶特
指限定詞。

*You're **all heart**.*
你太和藹可親了。
*One was **all head**, the other **all heart**.*
一個很有理智，另一個則非常友善。

這裏 heart 具有和藹的含義。說話者認為另一個人非常友善。

與抽象名詞連用
with abstract
nouns

All 可置於一些抽象的不具數名詞之前、in 和 with 之後，表示
"完全" 的意思。

*He had to admit, **in all honesty**, that it was exceptional.*
他不得不老實承認這是個例外。
*And I say that **with all sincerity**.*
我非常由衷地說了那句話。

其他可以這樣用的詞為 certainty 、 seriousness 和 fairness 。

All作副詞可用於許多不同的語境中。它可用於指一定量的時間或空間的介詞，如 over 、 through 、 round 、 around 和 along 等之前，意思相當於 "到處" 或 "一直" 。

*Oxfam has local offices **all over** the UK and Ireland.*
牛津饑荒救濟委員會在整個英國和愛爾蘭都有分支機構。
*I have traffic **all round** me.*
我的四周全是來往的車輛。
*She kept quiet **all through** breakfast.*
整個早餐自始至終她都一言不發。

All也可用於某些形容詞和副詞，如alone、excited和wrong等之前。這是一種非正式、口語用法。與介詞about也可這樣用。

*She lives **all alone** in a tiny, dingy apartment.*
她獨自一人住在一個狹小而又骯髒的公寓裏。
*You make it seem **all wrong** when it isn't.*
儘管它並不錯，但你使得它好像全錯了。
*My back fells **all achy**.*
我的背感到疼極了。
*Fashion is **all about** creating an individual style.*
時尚完全在於創造一種個人特有的風格。

All可與名詞或形容詞連用構成複合形容詞。這樣做時，通常用連字號。

*She was head girl at her **all-girls** school.*
她是女子學校的學生領袖。
*Morale has slumped to an **all-time** low.*
士氣跌落到了歷史最低點。
*His **all-black** outfit matched his mood.*
他的全套黑色服裝與他的心情相稱。

許多形容詞和現在分詞，如 important 、 pervasive 、 powerful 、 encompassing 、 consuming 和 embracing 等的前面可用 all（可用也可不用連字號）。這就附加了完全的意思。

*The right blend of coffee bean is **all important**.*
咖啡豆的合理配製極為重要。
*The era of the grand ideologies, **all encompassing**, **all pervasive**, is over.*
那種包羅萬象、無孔不入的意識形態至上論時代已經結束。
*He can only do what our **all-powerful** and **all-knowing** God allows him to do.*
他只能做我們全能、全知的上帝允許他所做的事。

用於比分
in scores All 可用於比分，表示比賽或競賽的雙方比分相同。

> *The match ended in a **two-all** draw.*
> 比賽以雙方二比二戰平告終。

7.3 含 all 的表達式

All 用於許多常用表達式中，這裏是其中的一些：

Above all 可用來表示一連串項目中的最後一項較之其他幾項更重要。

> *They are smart, sophisticated, and, **above all**, have developed excellent menus.*
> 他們聰明、老練，最重要的是他們設計出了出色的電腦菜單。

After all 可用來表示說某話的理由或者表示觀點的改變。

> *They began to worry if that might be dangerous. **After all**, clearly there were armed people about.*
> 他們開始擔心那樣會不會有危險，畢竟，周圍很明顯有武裝人員。
> *Well perhaps, **after all**, you were right.*
> 好吧，也許終究你是對的。

All but 可用來強調某事幾乎是如此。

> *When she opened his bedroom door the next morning, he **all but** shouted at her.*
> 當她第二天早上打開他的臥室門時，他幾乎向她大喊起來。

All in all 可用來進行總結或概括。

> ***All in all**, this life was not without its charm.*
> 總的來說，今生還是有許多吸引人的東西。

At all 可用來強調句中的否定成分或與含有否定意義的詞連用。

> *I've got no money **at all** at the moment.*
> 我此刻身無分文。
> *It scarcely mentions women **at all**.*
> 它幾乎一點都未提及婦女。

它還用於疑問句和其他非肯定語境（參見 **1.8** 節）。

> *Did you know him **at all**?*
> 你究竟認識他嗎？

In all 可用來表示"總共"。

In all they played thirty games and scored 101 goals.
他們總共打了 30 場比賽，進了 101 個球。

Of all 可置於 first、last 或最高級詞之後進行強調。

I was met **first of all** by blank astonishment.
我一開始便驚呆了。
I had endless hours to read and write and, **best of all**, sit and think.
我有無窮無盡的時間來閱讀和寫作，最好的是坐下來思考。

That's all 可用於句末暗示某事不太重要。

Just had a funny dream, **that's all**.
僅僅做了個有趣的夢，如此而已。
We picked the wrong guy, **that's all**.
我們選錯了人，就是這樣。

它還可表示某事已完成。

That's it, **that's all** for today.
就這樣了，今天到此為止。

7.4 All 和 whole 的比較

當 **whole** 與 the 等特指限定詞連用時，它的意義與 **all** 相似。不過，它們的用法不同。All 是限定詞，它先於 the 和其他特指限定詞居名詞詞組首位，而 whole 是形容詞，它位於 the 和其他特指限定詞之後。

The whole world is one family.
整個世界是一個大家庭。

這等同於說 all the world。

用於時間表達式中
in time
expressions

在時間表達式中意思一樣。

We never chatted much during **the whole year**.
整整一年時間，我們從未交談得很多。

這兒也可說 all the year。

Whole 也可用作名詞後接 of 和特指名詞詞組。

Use **the whole of the foot** when walking.
走路時，整個腳底應着地。

這相當於說 all of the foot。

Whole 不能與不具數名詞連用。不可說 the whole money，但可說 all the money。The whole time 是個例外。

*I'm active **the whole time**.*
整個時間我都很活躍。

這相當於說 all the time。

a whole

Whole 之前也可用 a，但此時的意思與 all 不同。它的意思近似於整個。

*The book devotes **a whole** chapter to the subject.*
該書有一整章討論這個主題。

與複數連用
with plurals

同樣，與複數連用時，all 和 whole（不帶限定詞）的意思不同。如 all the buildings were destroyed by the earthquake 與 whole buildings were destroyed by the earthquake 的意義差別就很大：前一句的含義是所談及的所有大樓都被毀壞了，一個不剩；但第二句強調整幢、整幢的大樓被毀壞了這樣一個事實。

7.5 Every 的用法

Every 可用來談論包含兩個以上的人或物的一個羣體。較之 all 和 every 更加強調一羣個體的含義。它只與單數具數名詞連用。

*It should be compulsory reading for **every adult**.*
對每個成年人而言，這應是必讀的。
*I was being pulled in **every direction**.*
我無所適從。

注意
WARNING

儘管 every 具有複數含義，但通常必須與單數具數名詞連用。除了下面所講的特殊情況之外，它不與不具數名詞或複數名詞連用。

指單獨事件
for separate
events

Every 常常表示一系列單獨發生的事件。

*On **every trip** a staff member brings musical instruments.*
每一次旅行時，一個工作人員都會攜帶樂器。

這裏 all 不及 every 常用。

若要強調 every，可在其後加 single。

*Government affects **every single** aspect of our life in this country.*
在這個國家裏，政府影響我們生活的每一方面。

一致
agreement

Every 為主語的一部份時，必須用單數動詞形式。

Every effort is being made to intensify the blockade.
正盡一切努力加強封鎖。

返指 every
referring back to
'every'

若想返指包含 every 的名詞詞組而且清楚所談的不是人，可用 it（或物主限定詞 its）。如果清楚所談的是男性或女性，則可用 he（him、his）、she（her、hers）。

Every newspaper had the company's name splashed over *its* front page.
每家報紙都在頭版顯著位置刊登了該公司的名稱。

Every soldier was sure that *he* was defending *his* own country.
每個士兵都堅信他們在保衛自己的國家。

Every woman should try the forbidden at least once in *her* life.
每個女人一生至少應嘗試吃一次禁果。

如果談論的是人，但不清楚這些人是男性或女性，有時可用 they、them 或 their 返指帶 every 的名詞詞組。

Remember that *every person* in your life has *their* own experiences.
記住，你一生所結識的每個人都有自己的經歷。

有些人雖不贊成這種用法，但它相當常用。He or she 雖可代替這種用法，但若頻繁重複，則會顯得累贅。

不作代詞或數量詞
not as pronoun
or quantifier

Every 不用作代詞或數量詞。不可說 there are so many wonderful places in the world; it is impossible to visit every；也不可說 to visit every of them。

every one

但是，every one 可像代詞一樣使用。

He had been in four pubs, and he had bought drinks in *every one*.
他曾去過四個酒吧。在每一個裏面都買過飲品。

這裏表示 in every pub。

Every one 後也可接 of 和特指名詞詞組。

It should be the first boat to win *every one of the race's six stages*.
這條船應是第一艘獲得全部六個賽段勝利的船隻。

複合代詞
compound
pronouns

Everyone、everybody、everything 三個代詞以及副詞

everywhere 與 every 有語義聯繫。Everything 用於談論事物，everyone 和 everybody 用來談論人，而 everywhere 用於談論地方。

> **Everyone** must work honestly and conscientiously.
> 人人都必須誠實而勤懇地工作。
> We want **everybody** to have genuine equality.
> 我們想讓人人都有真正的平等。
> **Everything** was a great deal simpler many years ago.
> 許多年前，樣樣事情都要簡單得多。
> There was blood **everywhere**.
> 到處都是血。

Everyone 與 every one 不同。可説 I've read every one of his books，但不能説 everyone of his books，因為 everyone 指人。

複現時段和事件
repeated time periods and events

Every 常常與 day、year、night、week、morning、hour、minute 和 month 一類詞連用來談論複現時間段。

> She was getting better **every day**.
> 她一天天好轉起來。
> It attracts around 700,000 visitors **every year**.
> 它每年吸引大約 70 萬參觀者。

如果想談論定期發生的複現事件，可在數字前加 every，後接複數名詞。

> Men think about it, on average, **every six minutes**.
> 男人平均每隔六分鐘想到它。
> You will have to attend the clinic regularly **every two to four weeks**.
> 你必須每隔兩到四週定期參加臨牀講解。

也可在序數詞 second 或 third 等之後用 every，表示所涉及的時間間隔。例如若某事 every third week 發生一次，那麼它每三週發生一次。

> These visits had continued regularly, approximately **every third** week.
> 這些參觀定期持續進行，大約每三週一次。

在這個意義上，every other 與 every second 含義相同。

> Departures are **every other** day from the beginning of August onwards.
> 從八月初開始每隔一天出發一次。

Every 可與 now and then, now and again 或 once in a while 一類表達式一起連用強調事件的間或發生。

> *Every now and again she kicks me out of bed.*
> 她偶然將我踢到牀下去。
> *This sort of thing happens every once in a while.*
> 這種事偶爾發生一次。

Every so often 具有相似的含義。

> *They show it every so often on television.*
> 他們時常在電視上展示它。

every time Every time 可用於從句句首表示一事件總是與另一事件一起發生。

> *Every time you see him he's in a different car.*
> 每次你看到他，他都會開不同的車。

它的意思與 whenever 一樣。除此還可用 every time that。

用於比例中 in proportions Every 也可用來談論比例，後接的名詞詞組用複數。

> *They sell one in every five pairs of shoes in Britain.*
> 五雙鞋中有一雙他們是在英國銷售的。

也可用分數(one-fifth of all shoes)或百分比(20% of all shoes)來表達這個意義。

everyday 除上面談到的複合代詞 (和副詞) 之外，every 也用於everyday。Everyday 與 every day 不同，它是一個形容詞，含義為"通常的"或"經常的"。

> *For many people, loneliness is an everyday experience.*
> 對許多人來說，寂寞是經常有的事。
> *Formal language has been replaced by the everyday language used in business.*
> 正式語言已被日常的商務語言所取代。

與其他限定詞連用 with other determiners Every 常與其他限定詞一起使用。它前面可用物主限定詞，此時的 every 具有強調作用且相當正式。

> *Television cameras would be monitoring his every step.*
> 電視攝像機將會監視他的一舉一動。

它也可用於 few 之前，強調定期發生的事情。Every 還可置於 other 之前。

Every few days there seemed to be another setback.
似乎每隔幾日就又會有挫折。
*Albania is physically cut off from **every other** country.*
阿爾巴尼亞確確實實被其他所有國家隔絕了。

這裏every other 不是上面所講的 every second 的意思。它相當於說 all other countries。

抽象名詞連用
with abstract
nouns

Every 可與某些抽象名詞連用表達對陳述的肯定態度。

*He had **every reason** to hope for some help from the captain.*
他有一切理由期望從船長那兒得到一些幫助。
*I feel I can delegate the task to you with **every confidence**.*
我覺得我可以完全放心地將這項任務委託給你。

可這樣用的詞包括chance、confidence、expectation、hope、indication、likelihood、possibility、prospect、reason 和 right。

7.6 Every 和 all 的比較

相似性
similarities

Every 和 all 的意思非常相似,兩者均可用來談論某物的全部。在許多情形下,兩者中的任意一個都可用(稍作變化),特別是進行概括時。

Every traveller looks for something different from a guidebook.
每位遊客都在尋找某些在旅遊指南中未提到的東西。
All snakes have got teeth.
凡蛇皆有牙。

可說 all travellers look 或 every snake has。

區別
differences

然而,它們在用法上有許多差異。

• Every 通常僅與單數具數名詞連用;all 與複數具數名詞和不具數名詞連用,有時也與單數具數名詞連用。

• All有時可單獨用作代詞,但every從不用作代詞。同樣,all 可作數量詞(all of the people),但 every 從不這樣用。

• All 可直接後接the 和其他特指限定詞;all his ideas,every 不能這樣用。不可說 every his idea,但可說 his every idea,其意義與 all his ideas 相似,但它是強調和正式用法且不那麼常見。

- 在時間表達式裏，every 和 all 均可用於單數具數名詞之前，但意義不同。Every day 表示有關的所有日子，而 all day 則表示一整天。

7.7 Each 的用法

Each 可用來談論包含兩個或兩個以上的人或物的一個羣體。它強調羣體中的成員被單個加以考慮這樣的含義。

作限定詞
as determiner

Each 可作限定詞與單數具數名詞連用。

*Children in **each class** wrote to important people in **each country**.*
每個班的孩子給每一國家的要人寫信。
***Each can** is worth just over a penny.*
每個罐子只值一個便士多一點。

在這些例子中，儘管涉及一個以上的班級或罐子，但人們想到的是單個項目。

作代詞和數量詞
as pronoun and quantifier

Each 可單獨用作代詞。

*When two big companies sew up a big deal together they really do it properly. **Each** has an army of lawyers.*
當兩大公司一起成功地談成一宗大買賣時，他們的確很嚴格地操作此事，每家公司都有龐大的律師隊伍。

Each 也可作數量詞。

*There were four mounds in a row, **each of them** about four feet long.*
一排共四座土墩，每座大約四英尺長。

這種用法在數字前很常見。

*Place a golf ball at **each of the ten spots** you've marked.*
在你所標出的 10 個地方的每一處放置一隻高爾夫球。
*The company has reported declines in profit in **each of the past three years**.*
在過去的三年中，該公司每年都有利潤下降的報告。

代詞之前必須用 each of。例如不能説 each we 或 each us。

***Each of us** had to care about the other.*
我們人人都必須互相關心。

each one

Each one 也常代替 each 作代詞。

What pictures! **Each one** *was so startling, so special.*
多麼與眾不同的照片啊！每張都那麼令人驚詫，那麼特別。

與單數動詞連用
with singular
verb

當 each 是句子的主語或主語的一部份時，隨後的動詞必須用單數形式。

Each farmer was *armed with a rifle.*
每個農場工人都佩帶步槍。

返指 each
referring back
to 'each'

若想用人稱代詞或物主限定詞返指含有 each 的名詞詞組，可用許多辦法。若談論非人的事物，可用 it 或 its。

Each biography *has something different to recommend it.*
每本傳記都因其與眾不同之處而受人喜愛。
The survey team maps **each river** *in 500-metre lengths, showing* **its** *physical features.*
對於每條河流，實地勘察隊均以 500 米長為單位繪製地圖，以體現河流的自然特徵。

若談論人且性別明顯，可用 he (him、his) 或 she (her、hers)。

Each boy *gets* **his** *wake-up call for school.*
每個男孩上學都有人打叫醒電話。
Each woman *is mistress of* **her** *own kitchen.*
每位婦女都是自家廚房的主人。

如果性別不明，可說 he or she，但這樣說聽上去很別扭。許多人更喜歡用 they (them、their)。

Each *is aware* **they** *have the other person's attention.*
每個人都意識到他們受到別人的注意。
Each *individual person thinks* **their** *case is justified.*
每個人都認為他們的情況是合理的。

用於否定句中
in negatives

Each 一般不用於否定句中。不能說 Each of them didn't do it，但可說 Neither of them did it (指兩個人) 或 None of them did it (指兩個以上的人)。

延遲使用 each
delayed 'each'

將 each 延遲使用於其所指的名詞之後也非常常見。

The sergeants each *carried one.*
中士們每人攜帶一隻。

也可說 each sergeant 或 each of the sergeants。

Each 還可置於代詞之後。

In fact, **we each** *supplied something the other lacked.*
事實上，我們互相提供了對方所缺少的東西。

95

這相當於說 each of us。

使用延遲的 each 時，必須注意它的位置。如果名詞或代詞是主語而且動詞像上述例句一樣只有一個，那麼 each 置於動詞之前。如果動詞是 be，那麼 each 則置於 be 之後。如果有一個或多個助動詞，each 用於第一個助動詞之後。

> *They **were each** determined to do their own thing.*
> 他們每人都決心幹自己的事。
> *The big countries **would each** lose one.*
> 每一個大國都會失去一個。

有時，each 可用於 be 動詞或助動詞之前。

> *They **each were** fitted with a barred door.*
> 它們每個都裝有帶門閂的門。
> *The partners **each would** invest a maximum of $60 million in the new plant.*
> 合夥者每人最多向新工廠投資 6,000 萬美元。

然而，有些人認為這種用法不正確，特別是在書面語中。

在這些含有延遲使用的 each 的例句中，名詞或代詞用複數。若作主語，隨後使用的動詞也用複數與其保持一致。

> ***They each face** a maximum penalty of two years in jail.*
> 他們每人將面臨的最嚴厲懲罰是兩年監禁。

延遲使用的 each 不與作直接賓語的名詞或代詞連用。不可說 I know the boys each 或 I know them each，但可說 I know each of them。不過，each 可置於間接賓語之後，不管它是名詞或代詞。

> *Leaphorn gave **the boys each** a third cigarette.*
> 利普荷恩給每個男孩發了第三支香煙。
> *He handed **them each** a cup of tea.*
> 他向他們每人遞了一杯茶。

Each 常用於價格或數量之後表示該數字指的是單個項目而非整個羣體。

> *The issue price for the shares is **$10 each**.*
> 該股份的發行價是每股 10 美元。
> *They are unlikely to get more than **one-third of the vote each**.*
> 他們每人不可能獲得三分之一以上的選票。

<table>
<tr><td>指複現事件
for repeated
events</td><td>談論重複出現的事件時，each 常與 year、 week 和 day 等時間
詞連用。</td></tr>
</table>

*Get up and go to bed two or three hours earlier **each day**.*
每天早起早睡兩到三個小時。

*He returned home **each year** to celebrate New Year with his family.*
他每年回家與家人慶祝新年。

Each time 也可作連詞，表示兩件事情總是一起發生。

***Each time** you cut one off, two would grow to take its place.*
每次你剪掉一個，原處就會長出兩個。

Each 常常作為 each other 的一部份出現。

*That's why we'll never understand **each other**.*
那便是我們從不會相互理解的原因。

*In some cases these lists contradict **each other**.*
在某些情況下，這些表相互矛盾。

<table>
<tr><td>each other</td><td>Each other 用來説明羣體中的每個成員相互起同樣的作用。它與
説 one another 相同。</td></tr>
</table>

7.8 Each 和 every 的比較

Each 和 **every** 意義相似，但有一些差異。Each 較之 every 更強調個別的或連續事件的含義。此外，語境，特別是動詞也可造成這種印象。例如 I telephoned every doctor in town，顯而易見指各個獨立的事件。若想強調單獨特性，應使用 each；若想表達共同的意思，則應使用 every。出於這個原因，every 可與 not、 nearly 和 almost 連用，而 each 不能。

***Nearly every** person he met wanted something from him.*
幾乎每個他所遇到的人都想從他那兒得到些東西。

<table>
<tr><td>指兩個
referring to
two</td><td>另一個區別是：each 可指兩個，而 every 不能。</td></tr>
</table>

***Each of the two** beach areas has a snack bar.*
兩個海濱度假勝地各有一個小吃店。

不可説， every one of the two 而且用 every 指其他小數目也極為罕見。

<table>
<tr><td>形式上的差異
differences in
patterns</td><td>在使用哪些形式上，它們也有一些區別。</td></tr>
</table>

Each 可用作代詞和數量詞，every 不能這樣用。

*Just tell the students involved that **each** has a problem to solve.*
就告訴有關學生他們每人要解答一個問題。
*They walked the streets, **each of them** penniless.*
他們在街上遊來蕩去，個個全是身無分文。

不可説 every has a problem 或 every of them penniless，必須説 every one。

此外，each 可延遲使用，即它可置於所指名詞或代詞之後，但 every 不能這樣用。不可説 the boys every bought a present。

Each 和 every 均可用於複現事件。可説 each week 和 every week。但是，只有 every 才可與數詞和 other 連用。every second week（而不是 each second week），every two weeks（而非 each two weeks）。

還有一種強調表達式each and every。該表達式將兩個詞的意思結合在一起，含義與 every single 相似（參見 **7.5** 節）。

Each and every feature in Victoria Park remains firmly etched in my memory.
維多利亞公園的每一個特徵都牢牢地印在我的記憶中。
*It will take strong personal commitment from **each and every** one of us.*
它將要求我們每一個人作出堅決的個人承諾。

7.9 Any 的用法

Any有兩種不同的用法。首先，any可用於暗示事物不明確的數或量而不陳述其事實上存在。它用於否定句、疑問句和其他非肯定語境。關於這一點，詳見 **6.3** 節。

Any的另一種用法是用於肯定句。它可用於從所有項目中選取一項或多項，含義為"哪一項並不重要"。

*The boy's hair was straight and black as **any** Apache's.*
該男孩的頭髮同所有阿帕切人的頭髮一樣又直又黑。

這裏寫話者想到的是所有的阿帕切人，但想通過選擇其中的一個作為典型例子來説明這一點。

Any可像上面例句一樣與單數具數名詞連用。它也可與複數具數名詞和不具數名詞連用。

*You've worked as hard as **any people** I've ever seen.*
你是我曾看到的人中工作最努力的一個。
*In Britain, **any information** is seen as a commodity.*
在英國,任何信息都被看作商品。

一致
agreement

當 any 為句中主語的一部份時,後面的動詞與名詞保持數的一致。

Any friend of hers *is an enemy of Eve's.*
任何一個她的朋友都是伊夫的敵人。

作數量詞
as quantifier

在這個意義上, any 極少單獨用作代詞,但它可用作數量詞。

*He said it was 'as important a vote as **any of us** will ever cast'.*
他説這一票和我們任何人將要投的票同等重要。

any one

Any 作單數時,一種強調它的辦法是在其後加 one。

Any one *of our employees could be the informer.*
我們的任何一位僱員都有可能成為告密者。
*Look up D for dentists and pick one, **any one**.*
查閱 D 來找牙科醫生,然後挑選一個、任何一個。

它不應與 anyone 混為一談。

若要明確表示所涉及的數目,可在 any 之後加上另一個數字。
若説 pick any two from three ,含義是從三個中選擇哪兩個並不重要。

*You and I are closer than **any two** people could possibly be.*
你和我的關係比任何兩個人可能擁有的關係都要親密。
*Buy tickets for **any three** concerts and get the fourth concert for £5.00.*
只要購買任何三場音樂會的票,那麼,購買第四場的票僅付五英鎊就夠了。

just any

若要在否定詞之後使用any,且any 仍用於本章所討論的意義,可在其前面加上 just 使意義清楚。

*It wasn't something I would do with **just any** woman.*
這不是我和隨便哪個女人都會幹的事。
*We are not going to sell at **just any** price.*
我們不會隨便甚麼價錢就賣。

若説 We are not going to sell at any price ,那很可能表示無論甚麼價錢都不會賣。使用 just 説明 any 不是 not...any 的一部份。

any other　　Any 與 other 一起使用非常普遍，特別是在比較中。

*It's a disease like **any other** disease.*
這一疾病與其他任何疾病一樣。

8 說明某物的很大數量或數目
Talking about a large amount or number of something

much、many
a lot（of）、lots（of）、plenty（of）
a good deal（of）、a great deal（of）
bags（of）、heaps（of）、loads（of）
masses（of）、stacks（of）、tons（of）

在英語中，有幾種談論某物的很大數量或數目的方法。最常用的兩個詞為 **much** 和 **many**。它們作限定詞、數量詞和代詞的用法在下面討論。它們與 so、as、too、very 和 how 等詞（有時叫強化語）連用的用法也將加以討論。此外，much 也常用作副詞，它還用於一些常見的表達式中。

這兩個詞，特別是 much 的用法受到一些限制。這些限制條件與所述的正式程度和某物是否真的存在有關。它們在下面的 **8.2** 節和 **8.3** 節討論。

另外，談論很大數目或數量還有幾種其他方法。它們大多為非正式用法，如 **a lot** 和 **plenty** 等。這些表達式有時也被稱做**量化表達式**（**quantifying expressions**）。它們常常可代替 much 和 many 使用，而且在 much 和 many 無法使用的語境中它們具有特殊的作用。A lot of 和 a lot 尤其如此。它們在使用時極少受到限制而且在口語中很常見。

這些詞在下列幾節中討論：

8.1　Much 和 many 的一般用法
8.2　Much 的用法
8.3　Many 的用法
8.4　Much 的副詞用法
8.5　強化語與 much 和 many 連用
8.6　帶 much 的表達式

8.7 More 和 most 的用法

8.8 説明某物的很大數量或數目的其他方法

8.1 Much 和 many 的一般用法

much 與不具數
名詞連用
'much' with
uncount nouns

Much 與 many 的基本區別在於同它們連用的名詞的類型。
Much 與不具數名詞連用談論某物很大的數量（參見 1.5 節）。

*I am delighted that it continues to attract so **much attention**.*
我很高興它仍然吸引了這麼多的注意力。
*Small investors didn't show **much interest** in the notes.*
小的投資者對流通證券不是特別感興趣。
*He was always tall and later in life put on **much weight**.*
他個子一向很高，到了晚年體重則增加了許多。

many 與具數
名詞連用
'many' with
count nouns

Many 與複數具數名詞連用談論許多人或事（參見 1.5 節）。

*I went to Paris once, **many years** ago.*
許多年以前，我曾去過巴黎一次。
***Many people** have fled their houses in the town.*
許多人已逃離了他們在小城鎮的家。
***Many shops** in the capital are closed.*
首都的多家店舖已關閉了。
*She is the author of **many books**.*
她著有許多書。
*There are not **many jobs** for the men.*
適合這些男人的工作不多。

作代詞
as pronouns

沒有名詞，much 和 many 也可單獨使用。Many 作代詞可返指
前文提到的名詞。

*I began looking for a house I could restore. I saw **many**.*
我開始尋找一幢自己可修復的房子。我看了許多房子。

這裏 many 指 many houses。如果 many 並非返指前文的事物，
那麼，它指 many people。

***Many** have been calling for the postponement of the meeting.*
許多人已要求將會議延期。

Much 作代詞的用法受到限制而且有時非常正式。

*The treaty contains **much** that any socialist would support.*
該協定包含許多任何社會主義者都會支持的內容。

詳見 8.2 節。

作數量詞
as quantifiers

Much 和 many 均可用作數量詞（參見 **1.6** 節）。在這種情況下，它們指明大量或許多已提及或聽者已知的事物。

> *His father attended **much of the trial.***
> 他的父親參加了大部份的審理。
> ***Many of the demonstrators** came armed with iron bars and hammers.*
> 許多示威者手持鐵棒和鎯頭前來。

用於人稱代詞之前時必須用這個形式。

> ***Many of you** have written us to express your thoughts.*
> 你們中的許多人已向我們寫信表達自己的看法。

與泛指名詞詞組
連用
with indefinite
noun groups

Much of 或 many of 不可用於泛指名詞詞組之前。不可説 many of people 或 much of money。但可在名詞之前用 not much of a，不過，這種用法具有特殊的習語含義（參見 **8.6** 節）。

意義的模糊性
vagueness of
meaning

Much 和 many 均給人一巨大數量或數目的印象。但事實上，它們可變得相當模糊，其釋義在很大程度上取決於説話者和聽者在特定情景中的期望值。在 many people left the concert before the end 這樣一個句子中，實際人數可能較少（如 50 人），假如這已經不尋常；也可能多得很多（如 500 人）。

not much
not many

當 much 和 many 用於 not 之後時，意思通常是反義的。Not many 的意義相當於 few；not much 與 little 意義相似。

> *I'm looking to see how much canned food I have. **Not much.***
> 我正在尋找看看我有多少罐頭食品，發現我只有很少。
> ***Not many** captains have been replaced after winning a series.*
> 系列賽獲勝後只有極少數隊長被換掉。

這兩個例句均具有否定含義。不過，not much 和 not many 可具有肯定含義。可説 he doesn't have much talent, but he does have some。如果這個句子用於口語中，much 則會重讀，some 也一樣重讀。

8.2 節和 **8.3** 節將詳細討論這兩個詞，包括對其使用的限制條件。

8.2 Much 的用法

用法上的限制
restrictions on use

8.1 節説明 **much** 可用作限定詞（much trouble）、數量詞（much of the blame）和代詞（Much depends on this）。但是，它所使

用的語境是受限制的。這些限制條件與兩種情況有關：much是否被用於肯定語境（有關更全面的解釋，參見 **1.8** 節）；語體的正式程度如何。一般而言，若想將 much 用於肯定句，即用於聲稱某物存在的句子中，那麼應小心才是。有時不能這樣用，而在另一些情形下，這樣用顯得很正式。但是，much 與 so；how 和 too 等強化語一起使用時一般不受甚麼限制（詳見 **8.5** 節）。

在非肯定語境中
in non-assertive
contexts

Much 作限定詞用於非肯定語境時不受甚麼限制。這些包括：

- 用於 not 和 never 等否定詞之後

  *Even if you tried your hardest it did**n't** make **much** difference to the way she treated you.*
  即使你做出了最大的努力，她對待你的方式也改變不了多少。
  *Even as a young woman she has **never** needed **much** sleep.*
  即使年輕的時候，她也從不需要很多睡眠。

- 與具有否定含義的詞連用

  *You can **hardly** notice **much** enthusiasm.*
  你幾乎覺察不到多少熱情存在。
  ***Without much** surprise Jack recognised his father.*
  傑克未感多少意外便認出了他的父親。

- 用於疑問句中

  *Can they do **much** damage?*
  它們會造成很大損壞嗎？

與抽象名詞連用
with abstract
nouns

在正式語體中，much可作限定詞用於肯定語境中。它通常與抽象名詞連用。

*There is **much confusion** concerning the events of October 8th.*
關於 10 月 8 日的事件有許多混淆不清的地方。
*The square was the scene of **much fighting** in last December's revolution.*
這個廣場是去年 12 月革命時許多戰鬥進行的地方。

這裏的含義是混淆不清和戰鬥事實上存在。

作數量詞
as quantifier

作數量詞時，much 既可用於肯定語境也可用於非肯定語境。但用於肯定語境時總是正式的。

*Hundreds of thousands have been killed, and **much of** the infrastructure has been destroyed.*
成百上千的人被殺害了，大部份基礎設施也被摧毀了。

*He never became rich, having performed **much of** his work for little pay.*
由於他的大部份工作報酬極低，因而他從未富有過。
*He confesses that he doesn't know **much of** Parker's music.*
他承認自己對帕克的音樂知道不多。

除了與不具數名詞連用外，much 還可與單數具數名詞連用，前提是這些單數具數名詞是特指的且指的是可分割的事物。

*The man wore sunglasses that concealed **much of his face**.*
該男子戴着一副遮住了大半個臉的太陽鏡。
*The wooden table and floor had absorbed **much of the blast**.*
木桌和木地板減弱了大部份的轟鳴聲。

作代詞
as pronoun

作為代詞，much 可在正式語體中用作肯定句的主語。

*She said the talks had been fruitful, but that **much** remained to be done.*
她說會談富有成果，但仍有許多工作要做。
***Much** depends on the weather.*
很大程度取決於天氣。

Much 用作肯定句的賓語時非常正式。

*Nationalism has done **much** to shape our modern world.*
民族主義在決定當今世界的形成起了很大作用。

Much 不能用於肯定句的句末。不可說 He bought much 或 She wants much，但可說 a lot、a good deal 或 a great deal（參見 **8.8**節）。此外，much 不用作簡短答語。對於 How much money does he have?，這樣一類問題，不能回答 Much。

與動詞的一致
agreement with verbs

Much 作句子主語或主語的一部份時，動詞用單數形式。

*Too **much is** familiar.*
熟悉的東西太多。
*It can then calculate how **much** dust **is** in the atmosphere.*
然後它可計算大氣層中的塵埃含量是多少。
***Much** of Tony's work **involves** showing others how they can make their homes look good.*
托尼的大部份工作是，向他人展示他們如何才能把自己的家裝點得漂亮。

記住，如果 much 用作副詞或與強化語連用，通常則不受上述條件限制。詳見下面的 **8.4** 節和 **8.5** 節。

8.3 Many 的用法

從 **8.1** 節中，我們已經知道 **many** 作限定詞與複數具數名詞連用。

> *We have concluded **many agreements**.*
> 我們已達成許多協議。

對有些人來說，many 作限定詞與賓語連用顯得很正式。他們更喜歡 a lot of（參見 **8.8** 節）一類表達式。

> *Later he got **many chances** to conduct the orchestra.*
> 後來他得到了指揮該管弦樂團的許多機會。
> *They have got **many things** in common.*
> 他們有許多共同之處。

但在非肯定語境中，情況並非如此。

> *They had**n't** brought **many fans**.*
> 他們未能引來許多狂熱追隨者。
> *Did you make **many friends** there?*
> 你在那兒結交了許多朋友嗎？

當 many 是作主語的名詞詞組的一部份時，也不是正式用法，儘管對某些人來説，這種用法仍稍顯正式了一些。

> ***Many parks*** *close at least from sunset to sunrise.*
> 許多公園至少從日落到日出是關門的。

Many 用作代詞被視為正式用法。

> ***Many*** *are holding out for ten times that price.*
> 許多人堅持索要 10 倍於該價格的價錢。
> *This well produced video will appeal to **many**.*
> 這種製作精良的錄相將得到許多人的青睞。
> *The storm damaged more than 60,000 houses, mobile homes and apartment buildings; **many** remain unfit for habitation.*
> 暴風雨損壞了 6 萬多幢房子、活動住宅和公寓大樓；許多仍無法居住。

Many 用於非肯定語境不屬這種情況。

> *I get those from America. They're a talking point but I do**n't** sell **many**.*
> 那些東西是我從美國弄來的。它們成了談論的話題，但我賣出去的不多。

在簡短答語中不大使用 many。若用 Many 回答 How many have you got? 一類問題，則會顯得別扭。這時可用 Lots 或 A lot。不過，Not many 完全可以這樣用。

'Are there any factories left at all?' — *'**Not many.**'*
"究竟有沒有工廠遺留下來？"——"不多。"

作數量詞
as quantifier

作數量詞用時，many 並不特別正式。

Many of *the cooperative farms have been broken up partially.*
集體農場中有許多已經半解體了。
*The FBI is now asking for help in identifying **many of** the bodies.*
聯邦調查局正尋求幫助，以辨認許多屍體。

與特指限定詞連用
with definite
determiners

Many 常與其他限定詞連用。它可置於 the 或其他特指限定詞之後，意思相當於 numerous。

*No one can be blamed for **the many** errors of fact.*
事實真相出這麼多的差錯怪不得任何人。
*Children also may participate in **the many** activities the resort offers to all guests.*
兒童也可參加遊覽點為所有客人提供的許許多多的活動。
*None of **her many** lovers seemed to want to marry her.*
在她的許多情人中，似乎沒有一個願意娶她。

the many

它也可以用於 the 之後，但不帶名詞，泛指"大多數人"。

*It may not be a choice for **the many**.*
對這許多人而言，這也許不是一個合適的選擇。
*It gave power to the few to change the world for **the many**.*
它賦予少數人為大眾改造世界的權力。

這是一個非常正式的表達式，常與 the few 對照使用（參見 **9.4** 節）。

many other
many such

Many 可用於 other 和 such 之前。

*There are **many other** sick children.*
還有許多其他生病的孩子。
*Is this only the last of **many such** occasions?*
這是否僅是許多這種情形中的最後一次？

它也可用於代詞 others 之前。

*These are problems which the countries of southern Africa share with **many others** in the South.*
這些是南非各國和其他南方不發達國家所共有的問題。
*It was enough that he was still alive when so **many others** had been less fortunate.*
他還活着就足夠了。那麼多的其他人可沒有他那麼幸運。

many a

Many 還可作前位限定詞置於 a 或 an 之前。這樣使用時，它暗示許多事情或事件單獨發生。這是一種正式用法。

Many a time his legal training solved problems which seemed insoluble.
許多次，他所受的法律訓練解決了似乎無法解決的問題。

這暗示多次個別的場合。通常，many a 合起來被視為單個限定詞。因為它的用法與 many 的常用用法差別很大。它後接單數具數名詞。若作主語，動詞也用單數。

Many a successful store *has* paid its rent cheerfully.
許多成功的店舖都很樂意地付了房租。

用於 be 之後
after 'be'

Many 可單獨用於動詞 be 之後，意思是"許多的"。這屬正式用法。

The reasons for his going on safari were *many*.
他去徒步旅遊的理由有許多。

a good many
a great many

A good 或 a great 可置於 many 之前進行強調（另見 **8.8** 節的 a good deal 和 a great deal）。

A good many of them have cars.
他們中的許多人有汽車。
It was *a great many* years since he had been there.
他在那兒已經很多年了。

many many

強調 many 的一種非正式手法是重複它。

There are *many many* businesses that would be quite prepared to put up money.
有許許多多的企業很願意投資。

複數動詞
plural verb

注意，many 作主語或主語的一部份時，總是後接動詞的複數形式（在 many a 表達式中例外）。

Many people give me money.
許多人給我錢。

8.4 Much 的副詞用法

Much 常常用作副詞修飾形容詞和其他相似的表達式。這時它的意思是"非常"、"很大程度上"或"遠比"。Many 不這樣用。

Much 作副詞可用於下列情況：

與動詞連用
with verbs

• 與動詞連用來加強它們所表達的動作或概念。這樣使用時常常與強化語在一起（參見 **8.5** 節）。

*That way it doesn't **hurt so much**.*
那樣的話就不會這麼痛了。
*He **loved** me **very much**.*
他非常愛我。
*Who **hates** me **that much**?*
誰如此憎恨我呢？

Much 可不帶強化語單獨使用，但這時應像 **8.2** 節一樣通常須用否定詞或其他非肯定詞（參見 **1.8** 節）。

*It did**n't** hurt **much**.*
不怎麼痛。
*Solving one alone will **not** help **much**.*
單獨解決一個起不了多大作用。
***Few** worried **much** about the execution of thousands of dissidents.*
幾乎沒有甚麼人很擔心處死數以千計的持不同政見者。

因此，不可說 I like them much，但可說 I like them very much。

與動詞連用時的
位置
position with
verbs

通常，much 像在上述例句中一樣置於動詞之後。但在有些情況下，much可用於主要動詞之前，主語或第一個助動詞之後。在大多數肯定句中，這是正式用法。

*This is a trait I **much admire** in her.*
這是在她身上我十分讚賞的一個特徵。
*We **would much prefer** to be given money.*
我們還是更喜歡有人給我們錢。
*These factors **have much affected** the building of nuclear plants.*
這些因素極大地影響了核電站的建立。

可以這樣用的動詞為 admire、affect、appreciate、approve of、dislike、enjoy、look forward to、prefer 和 regret。所有這些動詞都與感情或態度有關。

另一些動詞，如 blame、care、like 和 mind 若用於否定句時也可這樣用。

*Kenworthy did**n't much care** one way or the other what happened to Devereux.*
肯沃西毫不在乎德弗羅發生了甚麼事。
*I do**n't much like** the rest of his stuff.*
我不太喜歡他其餘的東西。
*I do **not much mind** walking the five miles.*
我不太介意步行五英里的路。

Much 與其他動詞連用時，若位於 very 或 pretty 等強化語之後，則可在肯定句中用於動詞之前。

> *I **very much believe** that honesty is the best policy.*
> 我深信誠實總是上策。
> *It **very much depends** on the individual personality.*
> 這很大程度上取決於個性特徵。
> *Men **pretty much like** the same things.*
> 男人幾乎喜歡相同的東西。

許多動詞可這樣用。

下面是一些這類動詞的詞表：

admire	disagree	prefer
affect	dislike	reflect
agree	doubt	regret
applaud	enjoy	resent
apply	envy	respect
appreciate	fear	support
approve of	hope	want
assume	know	welcome
bear out	like	wish
depend	look forward to	

當 much 與表示習慣性事件的動詞連用時，它的含義是"常常"。

> *He didn't entertain or go out **much**.*
> 他不常娛樂或外出。

用於比較級形容詞之前
before comparative adjectives

- 用於比較級形容詞之前表示程度較之比較級所暗示的更大。

> *And he's clever, **much cleverer** than people think.*
> 他很聰明，比人們想像的要聰明得多。
> *We will be a **much better** football team next year.*
> 明年我們將會成為一支更好的足球隊。

Much 還可用於 more 或 less 之前使差別顯得更大。

> *The issues involved are **much more** complicated than that.*
> 涉及的問題要比那複雜得多。
> *He had **much more** to give.*
> 他有更多的東西要給。
> *It is simply **much less** specific.*
> 這簡直更不明確了。

much the

- 用於 the 和最高級或比較級形容詞之前強調比較，含義是"……得多"。這屬於正式用法。

It is **much the best** place in Britain to live.
這絕對是在英國居住的最好地方。

much like
much the same

• 用於 the same 和 like 之前表示"在很大程度上"。

Folks are pretty **much the same** wherever you go.
無論你走到那裏，人們幾乎都是一樣的。
The music business is **much like** any other.
音樂行業與其他行業十分相似。

Very like 也可代替 much like 使用。

用於過去分詞之前
before past
participles

• 用於作形容詞的過去分詞之前。

If anyone thought the affair was over, they were very **much mistaken**.
如果有人認為這一事件已經結束，那他們就大錯特錯了。
He was **much taken** with the poems of T.S. Eliot.
他非常喜愛艾略特的詩歌。
The following information is intended to help you understand this **much-discussed** topic.
以下信息旨在幫助你理解這一反復討論過的題目。

much too

• 用於 too 之前對其作進一步的強調。

Anything else would be **much too** obvious.
其他任何東西都會顯得太明顯。

用於含介詞的表達式
之前
before expressions
with prepositions

• 用於以介詞 in 或 to 引出的表達式中。

Manchester United is a team **much in need of** a goalscorer.
曼徹斯特聯隊是一支急需一名得分手的球隊。
That story is **much to the point**.
那種敍述非常切題。
His team has been acting the same way, **much to the annoyance of** his rivals.
他的球隊總是採用同樣的套路，這令他的對手們極為惱火。

Much 常常單獨用於含有 in、後接不具數名詞 (如 much in need of、much in favour) 的表達式之前。下列名詞通常用於這類結構：demand、doubt、evidence、favour、line、need、use、vogue。

Much 同樣可用於含有 to、後接領屬結構中的名詞的表達式之前 (如 much to the annoyance of、much to my embarrassment)。下列名詞通常這樣用：anger、delight、disappointment、dismay、disgust、embarrassment、relief。

當 much 自身被強化語修飾時 (參見下面 **8.5** 節)，它可更廣泛地用於介詞短語之前。

> *It is an example of a regime **very much in power**.*
> 這是一個牢牢掌權的政權的範例。
> ***How much at risk** is the smoker?*
> 吸煙者的危險性有多大？
> *I think they had Wednesday's game **too much on their minds**.*
> 我想週三的比賽給他們帶來了很大的心理負擔。

8.5 強化語與 much 和 many 連用

Much 和 **many** 常常可用於一組有時被稱作強化語的副詞之後，因為它們可在某種程度上加強或強化後面所跟的詞的意義。我們在前面已經見到過這樣的例子。當 much 和 many 作限定詞、數量詞和代詞，much 本身作副詞時，這些強化語可以與它們連用。最常用的強化語是：

so much
so many

- **so** 暗示說話者覺得某事給人以深刻的印象或令人注目。

> *She has lost the man who offered her **so much**.*
> 她失去了曾給予她許多許多的男人。
> *We had **so many** letters.*
> 我們擁有這麼多的信件。

too much
too many

- **too** 表示某物的數量或數目太大，暗示在某個方面有問題。

> *They were criticised for drinking **too much**.*
> 由於飲酒過量，他們受到了批評。
> ***Too much** of the discussion about education centers around budget deficits.*
> 有關教育的討論過多地集中在預算赤字上。
> *He believed **too many** people would make the group ineffective.*
> 他認為人太多會使這個羣體失去效率。

very much
very many

- **very** 表示更大數目或數量的意思。在肯定語境中，very much 通常僅用作副詞。

> *They are also affected **very much** as mothers.*
> 作為母親，她們也受到了很大的影響。
> *We all **very much** regret the loss of life.*
> 對於有人傷亡，我們都深感痛惜。

它常常用於表達式 thank you very much (或 thanks very much)

中。不可説 thank you much。若用 very much 作限定詞或代詞，它則必須用於非肯定語境（參見上面**8.2**節或詳見**1.8**節）。

*Statistics and surveys often do**n't** prove **very much** at all.*
數據和調查常常證明不了甚麼。
*They ca**n't** do **very much** with them.*
他們難以與他們相處。

不可説 they can do very much with them。

Very many 不常用，但它可有肯定或非肯定用法。

*It has a pervasive influence in **very many** countries.*
它在很多國家都有廣泛的影響。
*He didn't have **very many** intimate friends.*
他的親密朋友不是很多。

as much
as many

* **as** 表示正在比較兩個相同的數量或數目。加以比較的東西可以是已提及的事物或暗含的事物。

*Whether a site that attracted only 3,000 visitors annually a couple of years ago can cope with **as many** per day is questionable. (i.e. 3,000 visitors per day)*
一個在兩、三年前每年僅能吸引 3,000 名參觀者的遺址，現在能否每日接待這麼多的遊客尚有疑問。（例如，每日 3,000 名參觀者）
*People aren't watching **as much** television on Christmas Day because they use their videos. (i.e. as much television as before)*
在聖誕節人們看電視不如從前多了，因為他們使用錄相機。（例如，看電視的時間和從前一樣多。）

通過在第二項前重複使用 as 可使比較更加清楚。

*We can take **as much as** our buyer can supply.*
買主能提供多少我們就能要多少。
*Plant **as many as** you can afford.*
付得起多少就栽種多少。
*Many teams have match-winners but no team has **as many as** Australia.*
許多隊都有比賽的優勝者，但優勝者人數澳大利亞隊最多。

還可在中間加入名詞表示比較的對象。

*Travelling by ferry allows you to carry **as much luggage as** you want.*
乘船旅行時，人們想帶多少行李都就可以帶多少。
*With nearly **as many people** and **as much land as** France, Ukraine is certainly big enough.*
烏克蘭人口和國土幾乎與法國一樣，當然是夠大了。

還可使用 as much as 或 as many as 表示數量或數目大得驚人。

*The speed can vary by **as much as** 15 per cent.*
其速度的差別可高達 15%。
*The authorities fear **as many as** fifty thousand people were killed in the earthquake.*
當局擔心在地震中死亡的人數已高達五萬之多。

倍數詞 (參見第 5 章)，如 half、twice 或 three times 等可用於 as much 或 as many 之前。

*The Conservatives got **twice as many** votes as their nearest rivals.*
保守黨所獲得的選票比最接近的對手還高出一倍。

how much
how many

• **how** 當事物的數量或數目不明確時，用於動詞如 say、tell、find out、guess 和 know 等等之後。

*The organisation will not say **how many** members it claims.*
該組織將不會說出他們現有多少會員。
*He told her **how much** he had missed her while he was away.*
他告訴她，自己外出的時候有多麼想她。
*It is difficult to estimate **how much** money is involved.*
很難估計有多少資金被佔用了。

它還可用來詢問數量或數目的範圍。

***How much** was the library fine?*
圖書館的罰金是多少？
***How many** hours a week do you spend listening to the radio?*
你每週花多少時間聽收音機？

其他強化語
other intensifiers

可與 much 和 many 連用的其他強化語為 pretty (只與 much 連用)、that、this 和 however。除 however 之外，其他都是非正式的。

*After all, tomorrow will be **pretty much** like today.*
畢竟，明天將和今天差不多。
*His task will be made **that much** simpler if talks are broken off.*
如果會談破裂，他的任務就會變得如此那樣簡單了。
***However many** practice games you play, understanding only comes from competitive games.*
無論你打多少場練習賽，理解只能來自對抗性比賽。

8.6 含 much 的表達式

Much 用於許多常見表達式中。這裏是其中的一些：

Much as（或 **as much as**）可用作連接詞，表示"雖然……很"。

> **Much as** I regret it, I'll have to cancel our date.
> 我雖然對此非常遺憾，但我不得不取消我們的約會。

Much as 作連接詞還有一種用法，意思是"與……幾乎差不多"。

> She held the pen **much as** a young child would do.
> 她很像小孩那樣握鋼筆。

Much less 可用來強調情況比期待的更差。

> The boy didn't have a girlfriend, **much less** a wife.
> 那男孩連女朋友都沒有，更不用說有妻子了。

Not much of a 可用於名詞之前表示某人對某物或某人評價不高。

> Then he's **not much of** a partner.
> 那時他不是個甚麼了不起的合夥人。
> That might **not** seem like **much of** an accomplishment.
> 那似乎算不上甚麼成就。

若說做 **nothing much** 或未做 **anything much**，含義為未做甚麼重要的事或值得談論的事。

> 'So what did you do?' — '**Nothing much**, actually.'
> "那麼，你做了些甚麼呢？"——"事實上，沒有做甚麼重要事。"

Too much 可用來表示某人或某物非……所能應付。

> Children were **too much** for them.
> 他們對付不了小孩。

若說未 **see** 或 **hear much of** 某人，意思則是很少看到或聽說某人。

> I didn't **see much of** Harry in the last months.
> 在過去的幾個月中，我很少看見哈里。

若在 say、think、hint 或 suspect 之後用 **as much**，則返指前文的話語或觀點。

> It struck me how pleased I was to be there. I said **as much** to my mother.
> 我認為能去那兒真令我太高興了。我向母親也就這麼説了。

這表示我説了我真高興。I thought as much 可表示隨後的事情證明你是對的。

*He confessed to his wife, who said she **had thought as much**.*
他向妻子坦白了。妻子説她事先已料到如此了。

So much as 可用於 if 或 not 之後，警告某人不要以某種方式行事。

***Not so much as** a memo to your secretary.*
甚至連備忘錄也不要給你的秘書。

Not so much as 也可用來表示至少應該做卻沒有做的事。

*Not one hug, not one kiss, **not so much as** a handshake!*
沒有擁抱，沒有親吻，甚至連握手都沒有！

So much so that 可用來表示某事件的後果非常嚴重。它可置於句號、分號或逗號之後。

*He himself believed in freedom, **so much so that** he would rather die than live without it.*
他自己信奉自由，程度如此之強烈以至於寧願去死也不願沒有自由而活着。

若説 **so much for** 某事，則表示該話題已談完。它常常含有譏諷的意思。

*We even hoped they might influence policy towards us. **So much for** hope.*
我們甚至期望他們可能會影響對我們的政策，但期望只能歸期望了。

8.7 More 和 most 的用法

more 與具數和不具
數名詞連用
'more' with count
and uncount
nouns

More 和 most 是 much 和 many 的比較級和最高級形式。**More** 可用作限定詞談論某物的數量比一般大。它與複數具數名詞和不具數名詞連用。

***More people** will try it and buy it.*
更多的人將試試它並把它買下。

它還可表示額外的或附加的量。

*I regarded it as a chance to gain **more experience**.*
我把它視為獲得更多經歷的一次機會。

more 作數量詞和代詞 'more' as quantifier and pronoun	More 可用作數量詞和代詞。

He will have to take **more of** the responsibility for things going wrong.
對於出差錯的事情，他將不得不承擔更多的責任。
If they think they could earn **more** in the private sector, let them try it.
如果他們認為在私營企業可以賺更多的錢，讓他們試試好了。

用於 some、any、no 之後 after 'some', 'any', 'no'	More 可用於 some、any 和 no 之後。

I have made **some more** cuts.
我又作了幾處刪節。
He was sure that if he drank **any more** of this good red wine he would fall asleep.
他敢肯定如果他再多喝一點這種上乘的紅酒，他會睡着的。
No more eggs have hatched.
再沒有蛋孵化了。

more than	若想表示把某物與何種東西加以比較，可用 more than 或 more … than。

More than that would be fatal.
不止那將會致命。
You always have **more power than** you think.
你一直擁有超出你所認為你所擁有的權力。
The strikes began **more than** two weeks ago.
兩週多以前罷工就開始了。

much more many more	若要強調比較中的差別，可用 much more 或 many more。

They point out that **much more** could be done.
他們指出本來可做更多的事。
Sanctions should be given **many more** months to work.
應允許制裁在許多個月之後起作用。

even more still more	如果將本已很大或很多的事物與更大或更多的事物加以比較，可用 even 或 still 加以強調。

Longer platforms will make it possible to deal with **even more** trains.
站台再長一些便有可能容納甚至更多的火車。
The world inevitably would suffer **still more** agony before the military tide was reversed.
在軍事化傾向被徹底改變之前，世界人民將不可避免地遭受更大的痛苦。

More 與形容詞連用 'more' with adjectives	顯然，more 的最常見用法是與形容詞和副詞連用表示事物某一特性的量比一般的大。

*They are **more likely** to suffer from heart disease.*
他們患心臟病的可能性更大。
*Perhaps a girl is envious of a **more popular** classmate.*
也許女孩子會嫉妒更受歡迎的同學。
*She gripped his hand even **more tightly**.*
她把他的手抓得更緊了。

這裏 more 是副詞。

More 可單獨用作副詞。

*Maybe we should use them **more**.*
也許我們應該更多地使用它們。
*Peter skied and skied some **more**.*
彼得在雪地上滑行再滑行。

More 用於許多表達式中。

What is more 或 **what's more** 可用於引出另外的支持論據。

*His headache and fatigue not only subsided, but, **what is more**, his craving for alcohol disappeared.*
不但他的頭疼和疲勞減輕了，而且他嗜酒的毛病也消失了。
***What's more**, by rising past 44, the index surpassed its record level.*
更重要的是，漲過 44 後，該指數超過了其最高紀錄。

More or less 可用來表示某事差不多是真的。

*He's **more or less** retired now.*
他現在差不多退休了。

More than 可用來說明某人或某物在擔當特定角色中的價值比一般的或預期的要大。

*John Cage was far **more than** a composer.*
約翰・凱奇遠非只是個作曲家。
***More than** just a calculator, this is a complete personal organisation system.*
遠非只是個電腦，這是一個完備的個人組織系統。

No more than 可用來強調數量有多小。

*The pub was **no more than** half full.*
該酒吧的上座率最多不超過五成。

More of a 可用於單數具數名詞前，指明某物具有某種更大或更重要的特性。

While Deauville is a holiday resort, Trouville is **more of a** working town.

特維爾是個度假勝地，而特魯維爾更多的卻是個工業城。

He is **more of an** actor than many critics suggest.

不像許多批評家所認為的，他更像演員。

most 與具數和
不具數名詞連用
'most' with count
and uncount nouns

Most 可作限定詞與複數具數名詞和不具數名詞連用談論一特定羣體的大多數或某物的大部份。

You'll just have to be a bit more careful than **most people**.

你的確必須比大多數人更小心一些。

In **most cases**, however, the husband dies first.

然而，在大多數情況下，丈夫先死。

At the European Parliament **most work** is done in committees.

在歐洲議會中，大部份工作是委員會完成的。

它常常置於 the 之後，意思是 "最大數量" 或 "多於其他任何物或人"。

The organisation which, surprisingly, has attracted **the most attention** has been the JKLF.

令人吃驚的是，最引人注目的組織為 JKLF。

在這兒也可說 most attention。

most 作數量詞和
代詞
'most' as quantifier
and pronoun

Most 可作數量詞（不帶 the）和代詞。

Most of the rooms were cramped, dark and dank.

大多數房間狹窄、陰暗和潮濕。

Most of those workers have still been unable to find jobs.

這批工人中的大多數仍未能找到工作。

Some potatoes have been harvested, **most** are still in the ground.

一些土豆已經收穫了，但大多數仍然在地裏。

Most hardly know what they are protesting about.

大多數人幾乎不知道他們在為甚麼抗議。

He was frustrated more than **most**.

他比大多數人更灰心。

most 與形容詞
連用
'most' with
adjectives

Most 的最常見用法是與 the 一起用於形容詞和副詞之前談論某一特性的最大量。

The most important ingredient in any slimming diet is willpower.

任何減肥療法中最重要的要素是意志力。

New resorts open up worldwide, although Spain, Italy, Greece and Switzerland are still **the most popular**.

雖然西班牙、意大利、希臘和瑞士仍然是最受歡迎的旅遊勝地，但世界各地都在開發新的旅遊景點。

*The US dollar is **the most readily** accepted currency on the island.*
在該島上，美元是人們最樂意接受的貨幣。

most 作強化語
'most' as intensifier

Most 也可不帶 the 用於形容詞之前，表示"非常"或"極"的意思。這是一種正式用法。

*That was **most kind** of you.*
你真是太仁慈了。
*He has been **most explicit** about his escape.*
他對自己逃跑一事直言不諱。

most 作副詞
'most' as adverb

Most 還有其他作副詞的用法。

*What scares me **most** is that I'm gonna end up not being married.*
最令我害怕的是我最終竟結不了婚。
*Inevitably those who suffer **the most** are the mothers and children.*
不可避免的是遭受最大痛苦的是母親和兒童。

most of all

Of all 可置於 most 之後進行強調。

*And **most** important **of all**, she had faith in him.*
況且最重要的是，她對他有信心。
*What distinguishes Roberts **most of all** is his timing.*
最能把羅伯特與他人區別開的是他對時機的掌握。

8.8　說明某物很大數量或數目的其他方法

除 much 和 many 之外，另外其他幾個詞或表達式也可用來說明某物的很大數量或數目。這些包括：

a lot (of)、 lots (of)、 plenty (of)
a good deal (of)、 a great deal (of)
bags (of)、 heaps (of)、 loads (of)、 masses (of)
stacks (of) 、 tons (of)

這些詞不是限定詞。如果它們置於名詞詞組之前，則必須後接 of。不可說 a lot people 或 heaps money。

a lot
a lot of

顯然，**a lot** 和 **a lot of** 是這些表達式中最常用的。在 much 或 many 無法使用或其意義顯得太正式的情形中，a lot 和 a lot of 可代替它們來使用。然而，對某些人來說，a lot 和 a lot of 顯得非正式了一些。

*I know **a lot** about her partner.*
我對她的合夥人了解很多。
*That's **a lot of** money.*
那是一大筆錢。
*For **a lot of** kids he's quite enchanting, isn't he?*
在許多孩子看來他相當令人着魔,對嗎?

在這些例句中,若用 much 或 many 則會顯得正式或欠妥。

A lot of 可用於不具數名詞和複數具數名詞之前。

*We've got **a lot of money** to spend.*
我們有許多錢可花。
*I think **a lot of people** will be very excited about it.*
我想許多人對此會非常興奮。

它還可與特定名詞詞組連用談論已知或已提及的某物的很大數量。

*Mel coughed up **a lot of the money** himself.*
這筆錢的大部份是梅爾自己付的。
***A lot of the people** now are working on personal recommendation.*
這些人中有許多人現在從事個人推薦工作。

如果一單數具數名詞表示可分割的事物,那麼,a lot of 也可與其連用。

*He was a very generous man and gave **a lot of his fortune** to charity.*
他是一位非常慷慨的人。他把自己的很多財產都贈給了慈善機構。
***A lot of the city**'s blocked off to traffic.*
大半個城市已實行交通封鎖。
*I know that **a lot of the book** was fantasy.*
我知道這本書的一大半是想像。

在書面英語中, a lot of 極少與時間段連用。

*I've known him for **a lot of years** now.*
我認識他已有許多年了。

A lot 可像代詞一樣使用。

*There didn't seem to be **a lot** left.*
似乎留下的東西不多。
*I think **a lot** depends on how accurate you are.*
我想很大程度上取決於你的準確程度。
*People gathered around him and **a lot** were panicking.*
人們聚集在他的周圍,許多人驚慌失措。

121

A lot 也可作副詞。

> *He has helped me **a lot**.*
> 他給予了我很大的幫助。
> *He was away **a lot**.*
> 他常常外出。

lots of
plenty of

在非正式語體中，**lots of** 或 **plenty of** 可與不具數名詞和複數具數名詞連用。Lots of 具有數目或數量大於 a lot of 的含義。

> *She'd be pleased that you've got **lots of work** coming in.*
> 你承接了許多活來做，這會令她高興的。
> ***Lots of people*** *complain about tennis nowadays.*
> 許許多多的人抱怨現在的網球。
> *There's **plenty of time** for conversation.*
> 有很多時間進行交談。
> *There are **plenty of other things** for families with children to do.*
> 有許多其他事情需要有孩子的家庭來做。
> ***Lots of the white settlers*** *were leaving.*
> 許許多多的白人居住者正在離去。
> *There is **plenty of the stuff** about.*
> 周圍有很多東西。

在非常不正式的語體中，lots 和 plenty 均可用作副詞。

> *She loves him **lots**.*
> 她非常愛他。
> *She talked about it **plenty**.*
> 她對此事談得很多。

a good deal
a great deal

A good deal of 或 **a great deal of** 可用來表示很大數量。它們僅與不具數名詞連用。

> *It had taken **a good deal of careful planning**.*
> 這件事已進行了大量周密的計劃。
> *The women do **a great deal of the work**.*
> 這項工作的大部份由婦女來承擔。

A great deal 比 a good deal 表示的數量大。它們都可用作狀語短語。

> *That bothers me **a great deal**.*
> 那東西令我很煩。
> *My younger daughter jokes with me **a good deal**.*
> 我小女兒常常跟我開玩笑。

bags of 及相似的
表達式
'bags of' and
similar
expressions

Bags of、**heaps of**、**loads of**、**masses of**、**stacks of** 和 **tons of** 是談論很大數目或數量的非正式方法。它們可與單數具數名詞或不具數名詞連用。

*She's lucky, she's got **bags of confidence**.*
她很幸運，她信心十足。
*They read **heaps of newspapers**.*
他們閱讀了大量的報紙。
*We owe you **loads of money**.*
我們欠你許多錢。
*They still believed that **masses of things** could happen to them.*
他們仍然相信許多事情會發生在他們身上。
*They have **stacks of toys** for the kids.*
他們給孩子們買了許許多多的玩具。
*There was **tons of material** to go through.*
有大量的材料要查閱。

注意，這些詞具有更為具體的字面意義，如 bags of sweets（袋裝糖果）、four tons of steel（四噸鋼材）、the men carry enormous loads（這些男人負擔很重）等等。其他詞也可被用來表示巨大數量或數目，如 **piles of** 和 **mountains of**。

當這些表達式中的任何一個是句子主語的一部份時，動詞與名詞保持一致，而不是與量化詞一致。

A lot of people run the risk of being killed.
許多人冒着被殺害的危險。
*This is the reason why **lots of money is** flowing out of this country.*
這是大量金錢流出這個國家的原因。
*They probably think **loads of people have** written.*
他們很可能認為許多人已經寫了。

這些詞也可像代詞一樣使用。

*There's **lots** we can do.*
有許多事情我們可以做。
*I made a conscious decision to eat **loads**.*
我有意做出吃許多東西的決定。
***Masses** went to the cinema week after week.*
周圍都有大批的觀眾去看電影。
*I have tried to pack **a good deal** into a few words.*
我曾嘗試將很多內容壓縮成幾句話。

說明某物的很小數量或數目
Talking about a small amount or number of something

little 、 a little 、 less 、 least
few 、 a few 、 fewer 、 fewest

這些詞用來說明很小的數量或數目。**Little 、 a little 、 less** 和 **least** 與不具數名詞 (雖然有時也與具數名詞連用——參見下文) 說明某物的數量。**Few 、 a few 、 fewer** 和 **fewest** 與複數具數名詞連用說明某物的數量。

> *I've experimented with both types and found **little** difference.*
> 兩種類型我都實驗過了,但並沒有發現多少差異。
> *There was also **a little** money from writing reports for publishers.*
> 為出版商寫報道也可獲得少量稿酬。
> *There is **less** atmosphere to absorb the sun's rays.*
> 吸收太陽光線的大氣更少了。
> *They know where to look to get the most information with **the least** effort.*
> 他們知道在哪裏可以最少的努力獲取最多的信息。
> *There are **few** things I enjoy more than walking round an old cemetery.*
> 幾乎沒有甚麼事情比環繞一古老的公墓散步令我更快樂了。
> *He was silent for **a few** seconds.*
> 他沉默了幾秒鐘。
> *There have been **fewer** problems for travellers who chose to fly.*
> 對於選擇乘飛機旅遊的人問題更少。
> *The characters are drawn with **the fewest** possible words.*
> 這些人物是以盡可能少的語言來刻劃的。

A little 和 a few 被視為單個條目,而非只是 little 和 few 與不定冠詞的組合。Little 和 a little 、 few 和 a few 的區別在下面討論。

這些詞在許多方面與形容詞相似:它們可被副詞修飾;它們可用於動詞 be 之後;它們有比較級和最高級形式 less 和 least 、 fewer 和 fewest 。

這些詞在下面幾節討論:

9.1 Little 和 a little 的基本用法
9.2 Less 和 least 的用法
9.3 Little 、 a little 、 less 和 least 的副詞用法
9.4 Few 和 a few 的用法
9.5 Fewer 和 fewest 的用法

9.1 Little 和 a little 的基本用法

Little 和 **a little** 與不具數名詞連用說明某物的很小數量。

*There has been **little** business between the two companies.*
這兩家公司之間幾乎沒有甚麼業務往來。
*Use **a little** vegetable oil, such as sunflower seed or almond oil.*
用一點葵花籽油或杏仁油之類的植物油。

little 與 a little 的區別
difference between 'little' and 'a little'

Little 和 a little 的區別很大。Little 具有否定含義,相當於說"幾乎不"或"幾乎沒有"。

*There is **little** doubt that he and his accomplices are guilty.*
他和他的同夥有罪這一點幾乎不容懷疑。

A little 沒有這種否定含義。它的意思接近於"一些"。

*He played **a little** golf and enjoyed swimming.*
他打了一會兒高爾夫球,然後游泳游得很開心。

作數量詞和代詞
as quantifiers and pronouns

Little 和 a little 可作數量詞和代詞。

Little of the original material *remains.*
原有的材料幾乎沒有剩下多少。
*He will have found **little** to encourage him.*
他將找不出甚麼東西來鼓勵他。
*I caught **a little of your discussion** about British summertime.*
我聽到了一些你們有關英國夏令時刻的討論。
*Tell me **a little** about yourself.*
告訴我一些關於你自己的情況。

正式性
formality

Little 和 a little 單獨作限定詞、數量詞或代詞可顯得很正式。為了避免顯得正式,例如可以用 there isn't much hope 來代替 there is little hope。

only a little

也可使用 only a little。

*We have **only a little** time in which to succeed.*
我們只能在極短時間內取得成功。

這裏強調的是極少量的時間，但仍然持肯定態度。説話者認為成功是可能的。但若説 we have little time，含義則是否定的。

用於強化語之後
after intensifiers

強化語，如 so、too、very、how 和 relatively 等可置於 little 之前。

*There was **so little** time left at the end of the afternoon.*
天黑之前剩下的時間極少。
*There was **relatively little** comment in the press.*
新聞界的評論極少。
*She has said **very little** and given only one interview.*
她説話極少而且只接受了一次採訪。

the little

談論已確定的或熟悉的事物時，也可在 little 之前加 the。

***The little information** that we could glean about them was largely contradictory.*
我們能夠收集到的有關它們的少量信息大部份是自相矛盾的。
*She paid them a generous wage for **the little** they did.*
她為他們的那麼一點工作付了很高的工資。

這種用法具有否定含義。在最後一個例句中，暗含的意思是他們幾乎沒有幹甚麼工作。

what little

What little 的意思是"極少量的"或"僅有的一點點"。

*And it satisfied **what little** appetite he had tonight.*
這滿足了他今晚只有的一點點食慾。
*Here they are, taking away **what little** we have.*
他們來到這裏，拿走了我們僅有的一點東西。

as little as

As little as 可用來表示數量驚人的小。

*The process could take **as little as** two weeks.*
這個過程僅需兩週時間。

作形容詞
as adjective

將 little 和 a little 表示"某物的極小數量"的上述用法與 little 作形容詞表示"小的"的用法區別開來很重要。隨後的名詞是否具數有助於進行區分。如果 a little 之後的名詞是不具數的，那麼它作限定詞用。如果名詞是具數的，那麼 little 如在下句一樣作形容詞用。

*Inside the baby screamed and **a little child** talked loudly.*
在屋裏，一邊是嬰兒大聲尖叫，一邊是小孩高聲講話。

如果 little 之後的名詞不具數，那麼它用作限定詞。如果名詞是複數，那麼，little 則如下面例句一樣作形容詞用。

> *She gave birth to two attractive **little boys**.*
> 她生了兩個可愛的小男孩。

有些名詞既可作具數名詞用，也可作不具數名詞用。在下面例句中，雖然mystery兩種意義都有可能，但很可能表示"稍許神秘"的意思。

> *A **little mystery** is essential in a woman's past.*
> 一個女人的過去必得有些神秘的地方。

a bit
a little bit

另一種表達 a little 的非正式用法是 **a bit** 或 **a little bit**。

> *I speak **a bit of** French and understand more.*
> 我會說一點點法語，但理解比口語好些。
> *What we're talking about is **a little bit of oil**.*
> 我們所談論的是一丁點油。
> *I've learned **a bit**, good and bad, from each of the managers I've played under.*
> 我從曾在其手下打過球的每位經理那兒都學到了一點東西，好壞都有。
> *He wrote that text, and I only added **a little bit**.*
> 原文是他寫的，我只稍微加了一點點。

9.2　Less 和 least 的用法

Less 和 **least** 是 little 的比較級和最高級形式。Less 與不具數名詞連用談論某物的較小數量。

> *This can cause tension, tired muscles, weakness and **less control** of movement.*
> 這可造成緊張、肌肉疲勞、虛弱以及動作控制能力的下降。
> *It makes **less noise** than a car backfiring.*
> 它產生的噪音比汽車的回火聲小一些。

less 作數量詞和
代詞
'less' as quantifier
and pronoun

Less 也可作數量詞和代詞用。

> *We actually spend **less of our national income** on health than they do in other countries.*
> 事實上，我們用於健康方面的國民收入比其他國家少。
> *Americans will still be paying **less** for petrol.*
> 美國人花費在汽油上的錢仍然會更少。

less than

若要表示與某物進行比較的對象，可用 less than 或 less... than。

*People would stop buying it because it delivers **less** mileage **than** gasoline.*
人們將停止買這種燃料，因為耗 1 加侖汽油得不到應行駛的英里里程。
*Half the group felt they spent **less than** average.*
半數人覺得他們的花費低於平均水平。
*Rural life **less than** a century ago could be very hard.*
不到一個世紀之前，鄉村生活可能十分艱苦。

no less than

若使用 no less than，它常常可以是強調數量大或令人難忘的一種方法。

*It contributed **no less than** £745m to the group's £994m of operating profits.*
在該集團的九億九千四百萬營業利潤中，它的貢獻不少於七億四千五百萬。

less 與具數名詞連用
'less' with count nouns

在非正式英語中，less 代替 fewer 與複數具數名詞連用相當常見。

*I did expect more food and **less people**.*
我的確期望食物更多人更少。

但某些人認為這種用法不可接受。不過，當談論數字時，less than 與具數名詞連用似可接受。

*He is suffering from a form of leukemia that affects **less than 70 children** a year.*
他正患一種白血病。每年不到 70 名兒童生這種病。

much less
far less

若要強調比較中的差異，可用 much less 或 far less。

*It takes them **much less** time to get to sleep.*
他們入睡所花的時間要少得多。
*This means we would have **far less** chance of winning a war.*
這意味着我們獲得戰爭勝利的可能性極小。

even less
still less

若將一個本身已很小的數量與另一更小的數量相比，可用 even 或 still 對此加以強調。

*She has no feeling for you and **even less** for your son.*
她對你沒有甚麼感情，對你兒子的感情更少。
*He would have **still less** time for his law practice.*
他用於從事律師工作的時間將會更少。

less of a

Less of a 可與單數具數名詞連用，指明具有更小或更微不足道的特性的事物。

*In insurance terms, an office-worker is **less of** a risk than a sportsman.*
從保險業的角度看，辦公室工作人員的風險性小於運動員。

less 作介詞
'less' as preposition

Less的一種截然不同的用法是作介詞，談論從一數量中減去一更小數量。

*You are credited with $25 **less** 17.5 per cent per year.*
每年扣除 17.5% ，25 美元記入你賬號的貸方。

less 與形容詞連用
'less' with adjectives

顯然，less的最常見用法是與形容詞和副詞連用表達否定比較，這種用法在下文 **9.3** 節討論。

least

Least 既可作限定詞與不具數名詞連用也可作代詞，意思是 "最小數量"。在這些用法中，它常常用於 the 之後。

*They know where to look to get the most information with **the least effort**.*
他們知道在哪裏可以最小的努力來獲取最多的信息。

*The family often knows **the least** about their kids.*
對自己的孩子，家人往往了解得最少。

同 less 一樣，least 有時也與複數具數名詞連用。但同樣，這種用法被視為非正式或非標準。

*The candidate with **the least votes** is eliminated.*
獲選票最少的候選人被淘汰了。

在這個例句中，使用 the fewest votes 被視為更正確一些。

the least of

若使用 the least of ，後接特指名詞詞組，可表示最不重要的事物。

*But these were **the least of his concerns**.*
但這些是我最不關心的。

*These drugs were **the least of my problems**.*
這些毒品是我的問題中最微不足道的。

有關 least 作副詞的用法，參見下文 **9.3** 節。

least 用於表達式中
'least' in expressions

Least 用於幾個常見的表達式中。

At least 非常常見。它可用來表示在糟糕的情形中仍然有積極的成分；修正另一陳述或使另一陳述更精確；與數量連用表示這可能是最小量。

*If that's selfish, then I'm sorry. But **at least** it's the truth.*
如果那也算自私，我只好説對不起了。但至少這是事實。

*There was nothing on the road for **at least** 100 miles.*
在這條路上至少有 100 英里甚麼東西也沒有。

At the very least 可用來暗示也許可以説比現在所作的陳述更激烈或更確切的話。

***At the very least** this suggests your future does not lie in your hands.*
最起碼這可説明你的前途不掌握在你自己的手中。

In the least 可置於否定詞之後對其進行強調。

*The content of her answer was**n't in the least** important to him.*
她所回答的內容對他一點都不重要。

Not least 可用來強調陳述中所涉及到的特定情形或例子。

*Washington journalists — **not least** those at The Times — were horrified.*
華盛頓的記者們,特別是那些時報的記者們,都深感震驚。
*South Africa attracts many UK emigrants, **not least** because of its sunshine.*
南非吸引了許多英國移民,部份原因是因為南非的陽光。

To say the least 可用來表示進行輕描淡寫的陳述。

*It was a bit uncomfortable, **to say the least**.*
至少可以説,有點不舒服。

這裏暗含着非常不舒服的意思。

9.3　Little、a little、less和least的副詞用法

作為副詞,**a little** 的意思是 "稍許" 或 "一點兒";**little** 表示 "幾乎不" 的意思。

a little 和 little 與
比較級連用
'a little' and 'little'
with comparatives

A little 和 little 均可用於形容詞和副詞的比較級形式之前。

*German is **a little more useful**.*
德語略為有用。
*Lili opened her eyes **a little wider**.*
莉莉把眼睛再睜大了一點。
*His legs were in **little better** shape than they had been the year before.*
他的雙腿與前一年相比沒有好轉多少。

a little 與形容詞
連用
'a little' with
adjectives

A little 可用於形容詞之前。

*I'm **a little confused**.*
我有點被弄糊塗了。
*Things were getting **a little difficult**.*
事情變得有點難度了。

Little 一般不用於形容詞之前。但它可置於 different 及過去分詞 changed、known、understood 和 used 之前。

*Officials say the new scheme is **little different** from the old voluntary scheme.*
根據官方消息，新方案與舊的自願性方案沒有多少差別。
*Sales, however, were **little changed**.*
但銷售額變化不大。
*Doctors are keen to highlight this **little-known** disease.*
醫生們渴望把注意力集中在這一鮮為人知的疾病上。

A little 常常用於動詞之後。

*He relaxed **a little**.*
他稍稍放鬆了一些。
*The sight of the place always made him shiver **a little**.*
無論何時看到這個地方，都會令他有點發抖。

Little 一般不與動詞連用，而且非常正式。但在少數動詞，如 know、understand 和 suspect 等之前則可用 little。

*He **little knew** what he had started.*
他一點也不知道他開始幹的是甚麼。

若說 he knew little，意思則會改變，這時的 little 成了代詞。與上面提到的動詞連用，little 也可用在句首。在這兒它被當作否定詞，後隨主語—助動詞的倒裝。

Little do they know *about her alternative career.*
他們一點也不知道她的另一個職業。

表示 a little 的另外兩種非正式用法是 **a bit** 和 **a little bit**。

*It does affect us **a bit**.*
這的確對我們有一點影響。
*I think it is **a bit** better than we expected.*
我認為這比我們預計的要好一些。
*We can perhaps redress the balance **a little bit**.*
我們大概可以稍微恢複一下平衡。

Less 可用於形容詞和副詞之前，構成否定比較級。

*If you feel confident you will be **less anxious**.*
如果你感到有信心，焦慮就會更少一些。
*It makes their goods dearer, and so **less competitive**.*
這使得他們的產品更昂貴，因而也更缺乏競爭力。
*Fatty meat cooks **less evenly**.*
肥肉塊更不易烤均勻。

形容詞（或副詞）常後接 than 表示加以比較的對象。

*It's **less expensive than** most pure essential oils.*
它比大多數純精油便宜。

least 與形容詞連用
'least' with
adjectives

Least 作副詞置於形容詞和其他副詞之前，以否定的方式將某物與其他事物加以比較。它是 most 的反義詞，通常位於 the 之後。

*This offers **the least painful** compromise for the human race.*
這個為人類提供了痛苦最小的折衷辦法。

它暗含着其他折衷辦法會更加痛苦的意思。

least 與動詞連用
'least' with verbs

Least 還與動詞連用。有些人認為這種用法正式。

*The person he most loved was suddenly the person he **least** wanted to see.*
他最愛的人突然成了他最不願看到的人。
*Colds strike when they are **least** expected.*
感冒的發作難以預料。
*Those who should worry the most worry **the least**.*
那些本應最擔心的人卻最不擔心。

9.4 Few 和 a few 的用法

Few 和 **a few** 與複數具數名詞連用，談論少數事物。

***Few countries** have accepted this claim.*
極少數國家接受了這項要求。
*She was silent for **a few moments**.*
她沉默了一會兒。

few 和 a few 的
區別
difference
between 'few'
and 'a few'

Few 和 a few 的區別與 little 和 a little 的區別相同。Few 用來強調小數目的否定意義，相當於說"很少"或"幾乎沒有"。它的含義是，一數目令人失望或令人吃驚的小。

*The book has **few** new clues to offer.*
這本書沒有提供幾條新線索。

這是對本書的批評意見。寫話者認為缺乏線索是個缺陷。

Few 常與 more 或比較級連用表達一種肯定含義。

> *Few things give me **more** pleasure than to receive flowers.*
> 沒有多少事情比收到鮮花更令我快樂的了。
> *Few scholars are **better** equipped to explain all this to us than Professor Morton Cohen.*
> 沒有幾位學者比莫頓‧科恩教授更有資格向我們解釋所有這一切。

第一個例句在這裏大致表示 "收到鮮花令我非常快樂" 的意思。

A few 沒有否定含義，它幾乎相當於 "一些"。

> *She filled the silence by asking the old man **a few** questions.*
> 她通過詢問老人一些問題打破了那段沉默。

而且，只有 a few 才能與時間段連用。

> *He was speaking **a few hours** before talks with the British Prime Minister.*
> 在與英國首相會談之前，他發表了幾個小時的演説。

正式性
formality

Few 單獨使用時一般相當正式。There aren't many people 可代替 there are few people。但 a few 不正式。因而，可用 only a few 來非正式地強調少數。

> *There were as yet **only a few** street lamps.*
> 到目前為止，僅有少數路燈。

作數量詞和代詞
as quantifier and pronoun

Few 和 a few 可作數量詞和代詞。

> *But when she emerged with her new face, **few of her friends** noticed the difference.*
> 但當她以新面孔出現的時候，只有少數幾位朋友注意到了不同之處。
> *Most were eager for war, but **few** were trained.*
> 大多數人期盼戰爭，但只有少數人接受過訓練。
> *He picked up **a few of the playing cards**.*
> 他抓起了幾張撲克牌。
> *While **a few** became richer, many did not.*
> 雖然一些人變得更富有了，但很多人沒有。

few 用於 be 之後
'few' after 'be'

與 many 一樣（參見 **8.3** 節），few 也可用於動詞 be 之後。這是一種正式用法。

> *Car-parks are **few** and outrageously expensive.*
> 停車場極少且貴得驚人。

few 用於強化語之後
'few' after intensifiers

Few 可用 so、too、very、extremely、fairly、relatively 和 how 等強化語加以修飾。

*We have **so few** role models in positions of authority.*
我們在當權階層中行為榜樣太少了。
*Offices have **too few** telephone lines.*
辦公室的電話線路太少。
*There are **very few** films of this sort.*
這類影片極少。
*They suffered **relatively few** casualties.*
他們遭受的傷亡極小。
***How few** of us know how to do that!*
我們當中知道如何做那件事的人真少啊！

a very few A very few 也可使用。

*Only **a very few** got close to him.*
僅有極少幾個人可接近他。

quite a few
a good few
some few
若說一數目多於a few，事實上該數目相當大，可用quite a few 或 a good few。

***Quite a few** of the girls haven't left the village.*
不少姑娘從未離開過這個村莊。
*I plan to go on **a good few** years yet.*
我打算再多活幾年。

Some few 的意思是 "多於 a few"（但比 quite a few 少）。

***Some few** have emerged as peculiarly influential.*
一些人發展成了極有影響的人物。

the few Few 可與定冠詞 the 連用來指明一已經確定或熟悉的小羣體。

***The few** survivors staggered bleeding back into camp.*
那幾個為數不多的幸存者流着血、踉踉蹌蹌地返回了營地。
*The President met some of **the few** who survived the massacre.*
總統會見了為數不多的大屠殺幸存者中的幾位。

當 the few 作名詞詞組的中心詞，即後面不接名詞時，它具有特殊意義。它與 the many（參見 **8.3** 節）相對而言，意思是 "少數人"。

這種用法非常正式。

*House-owning is not the preserve of **the few**, it's the reasonable expectation of the many.*
擁有房子並不是少數人的專利，而是大多數人的合理願望。

與 next 等連用
with 'next', etc
Next、last、past 和 first 等詞可置於 the 之後、few 之前。它多與 minutes、hours、days、weeks、months 和 years 一類

時間段連用。

*The government may fall in **the next few days**.*
幾天之後該政府有可能垮台。

*Over **the last few years**, prices have fallen sharply.*
在過去的幾年中，價格已急劇下降了。

*Within **the past few minutes**, the President has issued a statement.*
在過去的幾分鐘裏，總統發表了一項聲明。

*For **the first few weeks** in jail, it was difficult because I was ill.*
在監獄的頭幾個星期，由於生病我的日子很難熬。

與其他限定詞連用
with other determiners

其他限定詞，如 these、those 和 what 等可與 few 連用。

*There have been fears expressed that **these few** people will lead to a flood later on.*
有人擔心説這少數幾個人今後將會引發水災。

*The effect of **those few** days of rioting was far-reaching.*
那短短幾天暴動所產生的影響是深遠的。

*The ten men have packed **what few** belongings they have.*
這 10 個人已將他們僅有的一點行裝打點好了。

as few as

As few as 可用來談論事物的數目令人吃驚的小。

***As few as** one in 40,000 passengers becomes seriously ill.*
在四萬乘客中僅有一人病得很重。

用於表達式中
in expressions

有些形容詞可用於 few 之前構成特定表達式，如 **select few** 和 **chosen few**。

*He gathered round him **a select few** whom he knew to be faithful.*
他為自己身邊精選了幾個他了解是忠實的人。

*It is a case of feast for **the chosen few** and famine for the rest of us.*
這是一個少數幾個特殊人物赴盛宴，其餘人受餓的實例。

9.5 Fewer 和 fewest 的用法

Fewer 和 **fewest** 是 few 的比較級和最高級形式。在這個意義上它們是 more 和 most 的反義詞。若想將兩個事物加以比較，説一個比另一個數目少，可用 fewer 後接複數具數名詞。

*Every day there are more vendors and **fewer** customers.*
每天來的小販更多了，而顧客卻更少了。

若想表達一事物比任何其他事物數目都少,可用 fewest 後接複數具數名詞。通常,它與 the 連用。

*Whoever got **the fewest** answers right had to make the tea.*
無論是誰,只要回答問題對的最少,這次都必須去沏茶。
*Children seem to have **the fewest** choices in war.*
在戰爭狀態下,孩子們的選擇似乎最少。

The 也可以不用且意思沒有甚麼差別。

*Mr Major was the candidate with **fewest** enemies.*
梅傑先生是敵人最少的候選人。
*Redheads have **fewest** hairs, usually around 90,000.*
紅髮人頭髮最稀少,通常大約為九萬根。

作代詞和數量詞
as pronouns and quantifiers

Fewer、fewest 和 the fewest 也可作數量詞和代詞。

*They have few qualifications and **fewer of the skills** demanded by employers.*
他們沒有具備多少僱主所要求的資格,技能則更少。
*More people are wearing seat belts and **fewer** are drinking and driving.*
越來越多的人開車繫安全帶,越來越少的人酒後開車。
*Gala scored most goals (74 in 30 games) and conceded **fewest**, a mere 21.*
加勒隊進球最多(30 場比賽進 74 球),失球最少,僅 21 球。
*Whoever got **the fewest** would win.*
無論誰拿到的最少都將取勝。

正式性
formality

像 few 一樣,fewer 和 fewest 都比較正式。Not as many 可代替 fewer,如在前面四個例句的第二句中可說 not as many are drinking and driving。

many fewer
far fewer

若要強調某物的數目大幅度減少,則可用 many fewer 或 far fewer。

*There are **many fewer** regulations governing cosmetics.*
管理化妝品的法規減少了許多。
*The prize is **far fewer** deaths and injuries on the roads.*
獎賞是交通傷亡人數的大幅度下降。

ever fewer
still fewer

當某物數目已經很小還想談論數目更少的事物時,可用 even 或 still 來表達這一概念。Even 用於 fewer 之前,still 則可用於 fewer 之前或之後。

*Few economists, and **even fewer** businessmen, believed in recovery.*
極少數經濟學家相信會復甦,企業家則更少。

*But now few people came to Syria, **still fewer** to the Baron.*
但現在去敍利亞的人很少，去看該男爵的人則更少。

*Not all of them had gone well, and **fewer still** had gone as planned.*
並非所有的事情都進展順利，按計劃進行的則更少。

fewer than　　Fewer than（或 fewer... than）可用來進行比較。

*The company sold 3,593 homes last year, **fewer than** expected.*
該房產公司去年賣了 3,593 幢房子，比預料的要少。

*Women are having **fewer** babies **than** ever before.*
婦女比以前任何時候生育的孩子都少。

*Only businesses employing **fewer than** 500 people will qualify.*
只有僱員不到 500 人的企業才有資格。

no fewer than　　若說 no fewer than，它常常是強調一數目大或給人以深刻印象的一種方法。

***No fewer than** six bank robberies were reported within the space of a few hours.*
據報道，在幾個小時之內發生的銀行搶劫案不下六宗。

137

10 表示兩者
Talking about a group of two

both、either、neither

若要談論兩者，可用上面這三個詞。**Both** 表示談論的是兩者
"全體"。**Either** 可用來指明兩者中的一個，但具體哪一個並不
重要。**Neither** 對兩者進行否定陳述。

*He needs to convince **both** groups that he is sincere.*
他需要使兩組人相信他是真誠的。
***Either** company might inject much-needed capital into the business.*
兩個公司中的任何一個都有可能向該企業投入急需的資金。
***Neither** suggestion was taken up by the assembly.*
兩個建議均未得到會議的採納。

在這些例句中，兩者均已經是熟悉的或已經確定。這種用法常與
人們期待有兩種可能的詞連用，如 sides、hands 或 ends。

*Then with **both** hands pull once.*
然後用兩隻手拉一次。
*Independent travellers are welcome to board the cruise ship at **either** end of its journey.*
歡迎單獨旅遊的人在旅途的任何一地乘遊船。
***Neither** side appears strong enough to defeat the other.*
沒有一方看上去強大到可以擊敗對方。

有時可用 each 來談論兩者。這種用法在 **7.7** 節講解。

這些詞在下列幾節討論：

10.1 Both 的用法

Both 用來談論已經確定或熟悉的兩者的全部或總體，它相當於
說 "兩者全體"。

Both men are in powerful political positions already.
這兩個人都已身居政界高位。

使用 both 比用 the two 更具強調色彩。

一致
agreement

Both 總是後接複數名詞詞組。若它是主語的一部份，動詞用複數。

Both units are largely dependent on the parent company.
兩個單位均主要依靠母公司。

作限定詞和數量詞
as determiner
and quantifier

Both 可有不同的用法，但意義不變：作限定詞（如上）或數量詞。

*Cooperation has played a part in **both of this century's world wars**.*
在本世紀的兩次世界大戰中，合作起了一定的作用。
*I feel sorry for **both of us**.*
我為我們兩個人感到遺憾。

不帶 of
without 'of'

它也可被用作前位限定詞（參見 **1.9** 節）不帶 of。

Both his parents are still alive.
他的雙親依然健在。

因此，可說 both men（最常用）、both the men 和 both of the men，意思沒有區別。但是，不可說 the both men 和 both of men。

與人稱代詞連用
with personal
pronouns

Both 用於人稱代詞之前時，必須用 of。

*Do **both of you** speak Spanish?*
你們兩位説西班牙語嗎？

不可説 do both you speak Spanish?

延遲使用的 both
delayed 'both'

像 all 和 each 一樣，both 有時可置於其所指的名詞或代詞之後。這種用法稱為**延遲使用的 both**。

*I love you **both**.*
你們兩個我都愛。

如果作主語，both 置於主要動詞之前、第一個助動詞（如果有的話）之後。

*They **both** welcomed the president's announcement.*
他們兩個均歡迎校長的公告。
*They**'d both** celebrated their twelfth birthdays.*
他們兩個均慶賀了自己的 12 歲生日。

139

與動詞 be 連用時，both 位於其後。

*Liver and eggs **are both** good sources of natural iron.*
肝臟和雞蛋都含有豐富的鐵元素。

如果賓語是代詞，both 可置於其後。

*I thank **you both** very much indeed.*
我的確十分感謝你們兩位。

如果賓語是名詞，則不能用延遲使用的both。必須説 I thanked both the men 或 I thanked both of the men，不能説 I thanked the men both。

用於否定句中
In negative
sentences Both 一般不用於否定句。因而，不説 Both of my parents are not coming，而説 neither of my parents is coming。

both ... and Both 還有另外一種重要用法，這時它不是代詞或限定詞，而是句型 both ... and 的一部份，強調的是兩個相似的事物。

***Both** lead **and** alcohol are known to increase aggressive behaviour.*
眾所周知，鉛和酒精均可增強好鬥性行為。
*The children's names are listed **both** down the side **and** across the top.*
邊上和上端都列着孩子們的名字。

當指的是那兩個相似的事物很清楚時，可只使用 both。

*He's just bored or lonely or **both**.*
他只是無聊或者寂寞或者兩者兼而有之。

這裏 both 指的是 bored and lonely。

10.2 Either 的用法

Either 用於從兩種可能中選擇一種，意思是哪一個無關緊要。具有 "兩者中的任何一個" 的意思。

*If they let **either** side down, the result could be disastrous.*
如果他們讓雙方任何一方失望，結果都可能是災難性的。

一致
agreement 作為限定詞，它直接後接單數具數名詞。如果該名詞是主語，則用單數動詞。

*The problem is deeper than **either view acknowledges**.*
問題比兩種看法中任何一個所承認的都要嚴重。

<table>
<tr>
<td>

作數量詞
as quantifier

</td>
<td>

Either 也可作數量詞。如果作主語，動詞通常也用單數。

*I want no one in **either of these rooms**.*
這兩個房間裏的人我一個人也不要。

***Has either of them** ever set foot in the other place?*
他們兩個中有沒有哪一個曾到達過其他地方？

有時也用複數動詞，但有些人認為這種用法不標準。

*I don't suppose **either of them are** there now.*
我認為他們兩個中沒有一個現在在那兒。

在人稱代詞之前必須用 of（如上例）。不可説 either them。

</td>
</tr>
</table>

與否定詞連用
with negatives

Either 可用於 not 或另一否定詞之後。它的強調意義弱於 neither。

*Blame could **not** be attached to **either** side.*
雙方都無可指責。

*It's **never** been tested in combat for **either** purpose.*
它從未為了兩個目的中的任何一個在作戰中試用過。

*That did**n't** put **either** of them at their ease.*
那沒有能夠使兩個人中的任何一個安下心來。

在這種用法中，either 不可用於句首。不可説 either side isn't in the wrong，相反，應該説 neither side is in the wrong。

表示 each 的意思
meaning 'each'

有時，either 含有 each 的意思，即兩種可能性都包括在內，但分別加以考慮。

*I checked the rooms on **either** side.*
我檢查了兩邊的房間。

作代詞
as pronoun

Either 可單獨用作代詞，但這種用法比較正式。

*The two sides will have to be better and tougher than **either** has been in the past.*
雙方都必須比過去更好一些、更強硬一些。

either way

還有一種表達式 either way，表示兩種可能性中無論哪一種實現都無關緊要。

*You can kill time by having a look around or by simply sitting in the waiting room. **Either way**, it is a good idea to take something to read.*
在周圍轉轉或僅坐在候車室均可消磨時間。無論如何，帶上些東西閱讀是個好主意。

either ... or

Either 還有另外兩種重要的用法。它可用作形式 either ... or 的一部份來引出兩種可能性，但只有其中的一種可能性可以實現。

> *Either* we do it *or* they crush us.
> 不是我們幹這件事就是他們壓垮我們。
> *All life is about change — you *either* adapt *or* die.*
> 生命在於變化——要麼適應要麼死亡。

回應一否定概念
echoing a
negative idea

Either 也可置於否定詞之後、用於從句或句子末尾，表示一否定概念回應另一個否定概念。

> *'I don't think that's very fair really.' — 'No, I don't *either*.'*
> "我認為那真的非常不公平。"——"是的，我也這樣認為。"

10.3 Neither 的用法

Neither 用於對兩者進行否定陳述。它相當於說"兩者皆不"。

> *Nowadays, *neither* side expects an attack from the other.*
> 現如今雙方都不期望對方發動進攻。
> *Neither* of the men paid any attention to her.*
> 兩個男人都沒有注意她。

一致
agreement

作為限定詞，它直接後接單數具數名詞。如果該部份是主語，動詞用單數。

> *Neither accusation is* true.
> 兩項起訴都不能成立。
> *Perhaps *neither attack* would need to be successful.*
> 也許兩次進攻都沒有成功的必要。

作數量詞
as quantifier

它也可作數量詞。如果它是構成主語的一部份，即使名詞詞組是複數，通常也用單數動詞。有時，也有用複數動詞的，但有些人認為這不是標準用法。

> *But *neither of these illnesses is* expected to have any lasting effect.*
> 這兩種疾病都不能產生持久的作用。
> *Neither of these arguments are* sustainable.*
> 這兩個論據均無法證實。

在人稱代詞之前必須用這種形式。

> *Neither of them* spoke.*
> 他們兩人都未說話。

不可說 neither them spoke。

作代詞 as pronoun	Neither 可單獨用作代詞。這種用法趨於相當正式。

> ***Neither*** *had brought a swimsuit.*
> 兩個人都未帶游泳衣。

一般情況下，會說 neither of them。作為主語代詞，neither 有時後接複數動詞，但用單數動詞更為正確。

> ***Neither are*** *recommended for infants up to two years.*
> 兩個都不能推薦給兩歲以內的兒童。
> ***Neither is*** *eligible for a US visa.*
> 兩人都沒有資格得到美國簽證。

與 not either 比較 compared to 'not either'	使用 neither 時，通常它作主語，因為在其他位置可用 not ... either（參見上文）。當真的使用 neither 時，它更具強調色彩。

> *They have proposed a deficit-cutting plan that contains* ***neither*** *item.*
> 他們提出了一個兩項都不包括在內的削減赤字計劃。

若說 that doesn't contain either item，則不及上述說法有力。

倒裝 inversion	若 neither 用於主語之前位於句子的起始部份，主語與第一個助動詞倒裝。

> *In* ***neither*** *case* ***have the resources*** *been available.*
> 兩種情況下都無法得到這些資源。

neither ... nor	Neither 還有另外兩種重要的用法，這時它不是限定詞或代詞。它可用作形式 neither...nor 的一部份，引出兩個相似的否定概念。

> ***Neither*** *Stella* ***nor*** *Janice would have kept such letters from him.*
> 斯特拉和賈尼絲都不會不讓他得到這些信。
> *He could* ***neither*** *confirm* ***nor*** *deny the report.*
> 他既不能證實也無法否認這個報道。

回應－否定概念 echoing a negative idea	Neither 也可用於句子或從句之首回應一否定概念（Nor 也可這樣用）。

> *'I don't even understand the question.'* — *'**Neither** do I.'*
> "我甚至連問題都沒有聽懂。"——"我也一樣。"

當然動詞和主語也得倒裝。這相當於說 I don't either。

11 其他限定詞和數量詞
Other determiners and quantifiers

several 、 **enough**
such 、 **what**
rather 、 **quite**

本章討論一些不適合在其他章節討論的詞。

11.1 Several 的用法

僅與具數名詞連用
only with count
nouns

Several 表示幾個、一些的意思。它的含義近似於"頗有幾個"。若想使一個事實上很小的數量給人以肯定印象,常常可使用 several 。它僅與複數具數名詞連用。

*There are now **several books** on the market.*
在市場上現在有好幾本書。
*Energy is present in **several** different **forms**.*
能源以幾種不同的形式出現。
*They've invited me **several times** to their home.*
他們曾好幾次邀請我到他們家裏去。
*There are **several things** puzzling me.*
有好幾件事情令我感到困惑。

作限定詞、數量詞
和代詞
as determiner,
quantifier, and
pronoun

Several 可用作限定詞、數量詞或代詞。

*He had already had **several articles** published.*
他已經發表了好幾篇文章了。
*There are new furnishings in **several of the rooms**.*
有幾個房間都陳設一新。
*This will allow a single satellite to do the work of **several**.*
這可使一顆衛星做幾顆衛星的工作。

與 more 、 such 、
other 連用
with 'more',
'such', 'other'

Several 可置於其他一些限定詞,如 more 和 such 之前。

*He is expected to remain in hospital for **several more** days.*
他還需在醫院多住幾天。
***Several such** hostels remain in use.*
有幾個招待所仍在使用。

與數詞連用
with numbers

Several 常與 hundred、thousand 和 million 連用。

> **Several hundred** coffee machines were bought for an unusually high price.
> 幾百台咖啡機是以天價買下來的。
> When I was a kid I had **several thousand** from all over the world.
> 在我小的時候，我有幾千個這種東西。它們來自世界各地。

與時間段連用
with time periods

Several 還常與時間段連用。

> He had spent **several days** in Tangier with his mother.
> 他在丹吉爾與母親共同度過了幾天。
> Traffic was halted for **several hours** on the main coastal highway.
> 在沿海岸的主幹道上，交通癱瘓了好幾個小時。
> The crimes were committed over **several years**.
> 犯罪持續進行了好幾年。

用於特指限定詞之後
after definite determiners

Several 可用於 the、物主限定詞和指示詞之後。這種用法相當正式。

> He fumbled with **the several** locks on his door.
> 他笨手笨腳地打開門上的幾把鎖。
> I was a regular tea drinker until I discovered that **my several** cups a day were worsening my illness.
> 在發現每天喝幾杯茶使得我的病情惡化之前，我一直是個經常喝茶的人。
> She had thought about little else **these several** months.
> 這幾個月她極少想別的事。

11.2　Enough 的用法

與不具數和複數
名詞連用
with uncount and plural nouns

Enough 用來表示一數量或數目令人滿意或已足夠了。它與不具數名詞和複數具數名詞連用。

> Make sure you have **enough money and petrol**.
> 確保你有足夠的錢和汽油。
> **Enough people** will believe that to make it true.
> 相信那件事的人多了便會使它變成真的。

作限定詞、數量詞
和代詞
as determiner,
quantifier, and pronoun

它可用作限定詞、數量詞和代詞。

> They did not have **enough information**.
> 他們沒有足夠的信息。
> Mrs Thatcher has survived because she has given **enough of the voters enough of what they want**.
> 撒切爾夫人走出了困境，因為她給予足夠多的選民們想要的一切。

*I never thought one goal would be **enough**.*
我從不認為一個目標就足夠了。

在人稱代詞之前使用時，必須帶 of。

*We need signatures and we haven't got **enough of them**.*
我們需要簽名，但現在得到的還不夠。

使用 enough 常常含有已達極限，再多一點就不好了的意思。

*You've caused **enough grief**.*
你引起的悲傷已夠多了。

這是一種批評意見和警告：不要再引起悲傷了。

用於名詞之後
after nouns

Enough 可用於名詞之後，但這種用法很少見。

*There was **room enough** for them all.*
有足夠的地方供他們全部住下。

使用 enough room 更常用一些。

enough ... to
enough ... for

為甚麼某物是足夠的常常不加以陳述，但若要明確，可用 to 不定式或 for 引出的短語。

*I don't think he had **enough imagination to appreciate** what a narrow escape he had had.*
我認為他的想像力不足以使他意識到自己經歷了怎樣的死裏逃生。
*That's **enough to give** you the flavour.*
那足以讓你嘗嘗味道了。
*The submarine carried only **enough fuel for** a one-way trip.*
該潛艇攜帶的燃料僅夠單程航行用。

不與其他限定詞連用
not with other determiners

Enough 不與其他限定詞連用。不可說 my enough money。若想表達泛指概念，可將 a 與 sufficient 等形容詞連用。

*Is that **a sufficient** answer, do you think?*
你認為那樣回答夠了嗎？

enough of a

或者將 enough of a 與具數名詞連用表達泛指概念。例如 enough of a difference，相當於 a sufficient difference 或 an adequate difference（足夠的差別）。

*There ought to be **enough of a fire** left up there.*
上面那兒殘留的火勢該夠大了。
*I'm already taking **enough of a risk**.*
我冒的風險已經夠大了。
*I'm not **enough of a historian** to know.*
我還算不上值得人們了解的歷史學家。

最後一個例句的意思是這個人作為歷史學家不夠格。

作副詞
as adverb

Enough 還有其他用法。它的最常見用法是作副詞修飾形容詞，表示某種屬性已足夠了。它置於所修飾的形容詞之後。

> *No one is **interested enough**, or **active enough**, to do it.*
> 沒有人有足夠的興趣或積極性來做這件事。

在此也可說 sufficiently interested 和 sufficiently active。

它還作副詞用於動詞和其他副詞之後。

> *She **cared enough** about them to want to save them.*
> 她對它們很關心，想救救它們。
> *You've come to my rescue **often enough**.*
> 你前來幫助我的時候真多。

注意
WARNING

Enough 不能置於它所修飾的形容詞之前。不可說 it is enough big。即使後面接名詞，enough 也不能置於形容詞之前，它必須置於其後。

> *He was **a handsome enough** child.*
> 他是一位非常漂亮的孩子。
> *They do not make **a big enough** impact on voters.*
> 他們對選民產生的影響不夠大。

但當 enough 修飾整個名詞詞組時，它可置於形容詞之前。

> *If you are eating a balanced diet you should be getting **enough essential vitamins**.*
> 如果你的飲食均衡的話，你應該會得到足夠人體所必需的維生素。

用於句子副詞之後
after sentence adverbs

Enough 可用於某些副詞之後對一情景進行評論。可以這樣使用的詞有：curiously、funnily、interestingly、oddly、strangely 和 surprisingly。例如 strangely enough 相當於說 what was strange was that ...（奇怪的是……）。

> ***Curiously enough**, I don't feel so dejected.*
> 說來奇怪，我並不覺得太沮喪。
> ***Funnily enough**, I was suddenly very hungry.*
> 奇怪的是，我突然感到飢餓難忍。
> ***Interestingly enough**, China is becoming a major manufacturer of high-tech equipment.*
> 有趣的是，中國正成為高科技設備的主要生產國。

用於表達式中
in expressions

Enough 用於許多表達式中。

若說 **enough!** 或 **that's enough!**，則表示制止某人做某事。

Enough. *I'm satisfied she's telling the truth.*
別再說了！我很滿意她在講真話。
That's enough! *Stop filming!*
夠了！不要再拍攝了！

如果某人 **has had enough of** 另一個人或物，則表示他對他們感到膩煩或對他們失去了耐心。

*The Royal Air Force had finally **had enough of him**.*
皇家空軍最終再也無法容忍他了。
*I have just about **had enough of golf** this year.*
今年，我幾乎膩煩了高爾夫球。

如果說 I have had enough golf ，意思則不同。

若說某人對他人或某物 **can't get enough** ，意思則是他渴望得到更多的接觸、更多的參與或更多的信息。

*She just **can't get enough** rugby union.*
她的確對業餘英式橄欖球玩不夠。
*The public **couldn't get enough** of romantic Lady Franklin.*
公眾沒完沒了地追逐多情的富蘭克林夫人。

Fair enough 可用於英語口語中，表示覺得某人所說的有道理或同意他所說的。

'My life's got better and I don't want to risk it.' — *'**Fair enough**.'*
"我的生活有所改善，我不想冒失去它的危險。"——"說得對。"

Sure enough 可用來表示某一情景或行為是人們期待或預料之中的。

*I looked around and, **sure enough**, there wasn't a book in sight.*
我在四周看了看，果真一本書也看不到。

11.3　Such 的用法

用於所有名詞之前
before all nouns

Such 可用於單數具數名詞、複數具數名詞和不具數名詞之前。

*It had seemed like **such a good idea** a few months ago.*
幾個月之前，這似乎是個很不錯的主意。
*There is, as always in **such matters**, a choice of evils.*
存在禍害的選擇問題，在這類事情中總是如此。
Such optimism *has become strangely out of place.*
這種樂觀變得怪異而不合時宜。

注意，在單數具數名詞之前，必須用 a 或 an。這裏的 such 是一個前位限定詞。

*I wanted to know how he had come to hold **such a** deeply disturbing opinion.*
我想知道他怎麼會懷有這樣一種令人極為煩惱的看法。

意義
meaning

Such 的意思雖然近似於指示詞 this、that、these 和 those，但有一個重要差異。Such 指與被指明或指出的事物相似的事物；指示詞指的是事物本身。若說 we don't use these methods 或 we don't use those methods，則談論的是與他人一樣的方法。但若說 we don't use such methods，則指 methods like these（像這樣的方法）（或 methods like those（像那樣的方法））。

作代詞
as a pronoun

Such 可用作代詞，但這屬正式用法。

*We are scared because we are being watched — **such** is the atmosphere in Kosovo.*
我們恐懼因為我們遭到監視——科索沃的環境就是這樣。

這兒，such 表示 "像這樣" 或 "像那樣"。

such ... as

As 可置於含有 such 的名詞詞組之後準確地陳述所指的內容。Such 引出含有泛指意義的名詞。

*Do you believe there is **such a** thing **as** evil?*
你相信存在罪惡這樣的事嗎？
*What could she want with **such a** person **as** you?*
她會要你這樣的人幹甚麼呢？

Such 也可置於名詞之後、as 之前。在上面的例句中，也可說 a thing such as 或 a person such as。

*There would never again be a love **such as** she had felt for Alex.*
永遠也不會再有她對愛麗克斯所擁有的那種愛了。

這裏也可說 such a love as。

such as 用於舉例
'such as' in examples

Such as 也可用來舉例，通常前面有一個逗號。

*Some small gains were made, **such as** the capture of Bourlon Wood.*
取得了一些小小收穫，如俘虜了鮑倫·伍德。
*Foods which are known stimulants should be avoided, **such as** coffee and chocolate.*
凡已知能引起興奮的食品，如咖啡和巧克力，都應該避免。

*Some causes, **such as** smoking, are known.*
有些原因，如吸煙，是已知的。

這兒的意思不是"像……"或"相似的……"，而是"例如"。

進行強調
for emphasis

Such 還具有強調意義。若説 he's such a coward!，則表示他是一個十足的膽小鬼或他非常膽小。

*Mother made **such a fuss** about it.*
母親對此小題大作。

在這個意義上，such（或 such a）可後接形容詞。

*They all had **such rosy** cheeks.*
她們都有非常紅潤的臉頰。
*That is what has given them **such a bad name**.*
那便是令他們名譽掃地的東西。

這兒的意思相當於"非常"。

such ... that

Such 可用於後接 that 從句的名詞詞組之前，表示某事在很大程度上就是這樣而且有某種後果。

*She was in **such** a hurry **that** she didn't even want to take anything with her.*
她如此匆忙，以致於連甚麼東西都不想帶了。
*This was **such** good news **that** I abandoned all my other projects.*
這條消息太好了，以致於我把其他所有項目都放棄了。

Such 在這個意義上也可用作代詞，但它屬於正式用法。

***Such** is his obsession with secrecy **that** he insists on using false names.*
他對保密如此熱衷以致於堅持使用假名。
*He thought that the pain was **such that** he must faint.*
他認為疼痛厲害得使他肯定要暈倒了。

用於其他限定詞之後
after other
determiners

Such 可用於許多其他限定詞之後，如 some、any、no、all、many、several 和數詞。

*We were all invited to have a drink at the Cafe Royal or **some such** place.*
我們全都被邀請去皇家酒吧或諸如此類的地方喝酒。
*It's absurd to make **any such** claim.*
提出任何這樣的要求都是荒謬的。
*There was **no such** thing as bad publicity.*
引起公眾注意總是好事。
*Like **all such** stories, that is largely a myth.*
像所有這樣的故事一樣，那個故事在很大程度上也是虛構的。

*There had been **many such** occasions.*
曾有許多這種情況。
*You can meet **several such** people in one day.*
一天之中你可碰到好幾個這樣的人。
*Urban planning is **one such** form of regulation.*
城市規劃是這樣管理的一種形式。

as such

As such可用於否定句中的某個詞之後表示該詞並非用於其準確的語義。

*None of them receives a salary **as such**.*
他們中沒有一個人得到這樣一種工資。

suchlike

Suchlike的意思與such相似，它通常用作代詞置於一連串事物的最後。

*Perhaps politicians, sociologists and **suchlike** expect this.*
也許政治家、社會學家及其類似的人期望這樣。

Suchlike 極少用作限定詞。

*He would never have had any truck with **sucklike** nonsense.*
他再也不會理睬這樣的胡言亂語了。

11.4 What 的用法

用於感嘆句中
in exclamations

What 作為限定詞有許多用法。這些大多在第 4 章討論。但 what 還有另外一種用法未講：表達強烈的看法或反應、發出感嘆的一種方法。句末常常用感嘆號。

__What a mess__ we have made of everything!
我們把一切情都搞得多糟啊！

這相當於說 We hate made such a mess of everything（我們把一切事情都搞糟了）。注意，what 置於句首。

用於所有名詞之前
before all
nouns

What 在這兒是一個前位限定詞。像上面例句一樣，它可用於帶 a 或 an 的單數具數名詞之前，複數具數名詞之前或不具數名詞之前。

*They suddenly realised **what fools** they had just made of themselves.*
他們突然意識到他們剛才出了多大的洋相。
__What fun__ we could have!
我們玩得多開心啊！

不用動詞
without a verb

使用 what 時，可不用動詞。

What a night!
多糟糕的一個晚上！
What rage, what betrayal in that woman's face.
那婦人的臉上露出了極憤怒的表情，露出了本來面目。

與形容詞連用
which adjectives

當名詞前有形容詞來表示發出感嘆的原因時， what 也可這樣用。

What amazing animal and bird life we saw!
我們看到了多麼令人驚奇的動物和鳥類。
'*What an extraordinary* thing!' I cried.
"多麼不尋常的一件事啊！"我叫道。
What a wonderful man Frank was.
弗蘭克真棒！

用於表達式中
in expressions

What 構成的兩個常用表達式是：**What a shame!**和 **what a pity!**，它們表示對某事感到遺憾或失望。

'I'm afraid I have to get back.' — '*What a pity!*'
"很遺憾，我必須回去了。"——"太遺憾了。"
What a pity you won't be able to watch the broadcast itself.
真遺憾，你無法看直播了。
What a shame they can't come.
他們不能來真是可惜。

11.5 Rather 和 quite 的用法

作前位限定詞
as predeterminers

Rather 和 **quite** 雖具有相似的用法和意義，但也有重要的差異。它們雖常用作副詞（參見下文），但也可置於 a 或 an 和單數具數名詞詞組之前作前位限定詞。

I made *rather a mess* of it.
我把事情弄得很糟。
The warning had come as *quite a shock*.
警告來得令人十分震驚。

它們不可用於複數或不具數名詞之前。不可說 I made rather messes out of them。

rather 的意思
meaning of 'rather'

Rather 表示某人或某物頗具名詞所含的屬性的意思。

It was *rather a pity*.
這真是件憾事。
You seem in *rather a hurry* to get rid of me.
你似乎非常急於除掉我。

可用於 rather 之後的名詞的數量有限。不可說 he is rather a

manager因為 manager不表示某種屬性。只可說 rather a pity，因為 a pity 的意思接近於 sad（遺憾的），即它具有形容詞的屬性。

Quite 表示某事令人驚奇或給人以深刻印象。

> *He makes **quite a noise**.*
> 他製造了很大的噪音。
> *It was **quite a surprise** to find you here.*
> 在這兒找到你真令人很吃驚。

可與 quite 連用的名詞的範圍大於 rather，因為它自身表示一種屬性，不像 rather 那樣依靠名詞的意義。he makes rather a noise 很少使用（儘管 it was rather a surprise 更常用）。

當名詞詞組中有形容詞時，quite 通常可理解為修飾形容詞。

> *Normally I'm **quite a cool** person on the surface.*
> 通常，從表面上看我是一位非常沉著的人。
> *We were **quite close** friends.*
> 我們是相當要好的朋友。

這些表示的是 a person who is quite cool 和 friends who were quite close。但 quite 可修飾整個名詞詞組。

> *This could become **quite a social problem**.*
> 這可能會成為一個很重要的社會問題。

這兒表達的是一個很大的或重要的社會問題。當 quite 修飾形容詞時，它可用於 a 之後。

> *He is **a quite well-known** theatre director.*
> 他是一位相當著名的戲劇導演。

但這種用法相當非正式且僅限於英語口語。

當 rather 與名詞詞組中的形容詞連用時，它總是修飾形容詞。

> *I thought it was **rather a good** breakfast.*
> 我認為這是一頓很好的早餐。

這裏的意思是這頓早餐非常好。含有形容詞時，rather也可用於 a 之後、形容詞之前。

> *Isn't that **a rather mad** idea?*
> 難道那不是一個很瘋狂的主意？

但意思是一樣的。也可說 rather a mad idea。

作副詞
as adverbs

Quite 和 rather 的主要用法是作副詞修飾單獨使用的形容詞或其他副詞或動詞。

He is **quite interested** in politics.
他對政治相當感興趣。
The reality was **rather different**.
現實則非常不同。
He was back **quite quickly**.
他很快就回來了。
I **rather like** him.
我很喜歡他。
I'd **quite like** to have them protected.
我非常想讓他們得到保護。

quite a few
quite a lot

Quite 常常修飾 a few 和 a lot。

I've done **quite a lot** of singing.
我唱歌唱得很多。
Quite a few men have attacks of faintness.
不少男人突然會出現頭暈。

關於 quite a few 的意義，參見 **9.4** 節。

rather a lot
rather few

Rather 可修飾 a lot 和 few。Rather few 具有否定含義，相當於 not very many。

I've **rather a lot** of work to do.
我有許多工作要做。
He had the impression that **rather few** pages had been turned since he had last seen the book.
他的印象是，自從他上次看到這本書以來，本書並未被翻看幾頁。

練習

在所有習題的編號之後有括弧。該括弧中的數字指本書中的相關章節。

在某些習題中，例句以它們在英語語料庫中的原貌出現。該語料庫是提供本書語法分析依據的英語文本語料庫。這些例句被稱為檢索行，它們一般都是不完整的句子。

1 概述

本章未專設習題，但可參見最後的總練習。

2 物主限定詞

習題 2A（2.1）

在下列句子中填入 my 或 mine。第一題已經為你做好了。

1）All of .....my..... friends are coming.

2）............ is the one with the blue stripes.

3）I have to confess it's .... own idea.

4）He is a former colleague of ....

5）Here is .... suggestion.

習題 2B（2.2）

觀察下列提及人體部位的句子。確定可否用 the 來代替物主限定詞而不改變意義。如果可以，在空白處寫上the；如果不可以，在空白處的中間劃一條橫線。第一題已經為你做好了。

1）I tapped her carefully on her shoulder. .....the....

2）She's suffering from a pain in her knee. ....

3）He put his hands on his head. ....

4）I shook her warmly by her hand. ....

5）They shot him in his leg. ....

6）On his face he painted the flag of his country. ....

習題 2C (2.3)

使用下列句首括弧中的信息填空。要求填寫物主限定詞和名詞。第一題已經為你做好了。

1) (She died.) The news of ....her death.... has saddened everyone.

2) (They were defeated.)........................ has opened up the race for the championship.

3) (We appeared.)........................ surprised everyone.

4) (She is ill.) We have to postpone the talk because of ....

5) (You helped.) Thank you all for ....

6) (He was appointed.) We only found out his true nature after ....
   ....

7) (They will arrive.) They are stuck in traffic so .... will be delayed.

8) (You are present.)........................ at this meeting is greatly appreciated.

習題 2D (2.4)

在下列句中必要的地方填入own；如果沒有必要，在空白處的中間劃一條橫線。第一題已為你做好了。

1) Find your ..own.... friends; stop stealing mine.

2) One of the nicest features of the flat is that it has its .... garden.

3) He crossed his .... legs and refused to move.

4) Although we told everyone we would provide the food, Chris brought his ....

5) I'll bring my sister and you bring your .... brother.

6) You should buy your .... car, instead of using mine all the time.

3 指示詞

習題 3A (3.1、3.2)

在 this、that、these 和 those 之間加以選擇。第一題已經為你做好了。

1) And ..that.. was the last time I ever saw him.

2) We haven't been having much luck .... year.

3) We have received over 100 responses, but of .... most are not favourable.

4) I've a feeling I've seen .... men over there before.

5) .... is what she wrote about her first film: 'I got the idea from a novel by ....'

6) Are you still going out with .... awful man?

7) I woke up .... morning with a headache and I've still got it.

8) Johnny! .... isn't a very nice thing to say.

9) We'll never forget .... holiday. We met so many interesting people.

10) The idea in .... exercise is to put either 'this', 'that', 'these', or 'those' into the gaps.

習題 3B（3.2）

説出下列句子中使用 this、these、that 或 those 的原因，是與時間（time）、空間（space）、語篇（text）或感情（feeling）哪個的遠近距離有關。第一題已經為你做好了。

1) This soup is delicious; I think I'll have some more.

   (closeness in .....space......)

2) 'Who are you talking to?'—'It's that brother of yours.'

   (distance in ....)

3) That night he awoke in the middle of a bad dream.

   (distance in ....)

4) That tree has been there for over 100 years.

   (distance in ....)

5) There's this doctor I went to who is absolutely amazing.

   (closeness in ....)

6) The charity received £7,500, but 90% of this was used in expenses.

   (closeness in ....)

7) They say you stole it. What do you say to that?

   (distance in ....)

8）The weather has been terrible <u>these</u> last few days.

（closeness in ....）

習題 3C（3.2）

在下列句子中的 this 之後插入名詞。要求從句子上方的五個適用名詞中選擇。每個詞只用一次。第一題已經為你做好了。

claim   idea   theory   belief   problem

1）At the beginning few people believed in relativity, but now this ......*theory*...... is accepted by all.

2）He says he reached the summit, but this .... is not believed.

3）The world is being swamped with rubbish, and if we don't deal with this .... soon, it will be too late.

4）Scientists have long been aware that the world was not flat, but this .... remained widespread for a long time.

5）It was they who first thought of putting milk in plastic cartons. From this seemingly unimportant ...., they earned a fortune.

習題 3D（3.3）

在下列檢索行中，説出位於檢索行中心的 that 是否是指示詞（限定詞或代詞）。用 yes 或 no 來回答。第一題已經為你做好了。

1）Saudi government announced **that** oil prices are to be

2）   nuclear forces in Europe. In **that** agreement NATO was

3）   price rises on European cars **that** began after the US

4）   what sets this era apart is **that** Congress has been in

5）   raised over $106 million and **that** brings the amount of

6）perhaps then persuade people **that** any improvement would

7）   and her left arm was so sore **that** she had to have it in

8）   make our job easier. And in **that** case sometimes it's

9）   find the gates locked, but **that** did not prevent them

1）....*no*...... 2）............ 3）............ 4）............ 5）............

6）............ 7）............ 8）............ 9）............

4 Wh- 詞限定詞

習題 4A (4.1)

用 what 或 which 填空。第一題已經為你做好了。

1) ...Which... of the boys are you talking about?

2) If he resigned now, ... effect would it have?

3) .... side do you think will win, England or France?

4) I've no idea .... the answer is.

5) She has a pleasant manner, ... makes people feel at ease.

6) .... worries me most is their attitude.

7) We arrived at 12, by .... time the party was over.

習題 4B (4.1、4.2、4.3、4.4)

確定下列句子中的 which 是代詞還是限定詞。如果是代詞，把 which 圈起來就可以了；如果是限定詞，則把 which 連同名詞一起圈起來。第一題已為你做好了。

1) I asked them (which books) they preferred.

2) It's an eating disorder in which people lose their hunger.

3) They've discovered a substance which experts say is the hardest there is.

4) Which films have you seen?

5) There is a debate about which experts are right.

6) Of the two candidates, it was hard to predict which voters would support.

習題 4C (4.1、4.2、4.3、4.4)

用括弧中的信息造出含 whose 的句子。第一題已經為你做好了。

1) (It was someone's book.) I don't know ...whose book it was... .

2) (She found someone's book.) ....?

3) (His money had run out.) He was just an unlucky person ....

....

4) (Most of their players come from abroad.) They are a team ....

....

5）（We believe someone's story.） It depends on ....

....

6）（Someone's car damaged yours.） You'll have to prove ....

....

習題 4D（4.5）

在下列句子的 what 與 whatever 或 which 與 whichever 之間做出選擇。劃去錯誤的一個。第一題已為你做好了。

1）~~What~~/Whatever you say, I still believe he's innocent.

2）We'll soon know which/whichever person is responsible.

3）I'll be able to answer what/whatever questions come up in the exam.

4）Which/Whichever argument they use, we'll be ready for them.

5）Firstly, you need to be sure about what/whatever information you will need.

6）Which/Whichever of us arrives first should book a table.

7）I like them, what/whatever their religion.

5 數詞及其相似的限定詞

習題 5A（5.1、5.2）

在下列檢索行，確定 one 是否為數字（如，通過用 two 來代替，然後對名詞和動詞作相應的改變）。用 yes 和 no 來回答。第一題已經為你做好了。

1）　　I would import at least **one** small load of furniture. I

2）　　thus equipped I set off **one** August day, the sun as hot

3）　　　is relatively rare that **one** sees the animals themselves

4）now. However, there was **one** incident that came near to

5）　　my living as a painter. **One** autumn I was staying with

6）a puppy bouncing around **one** in a frenzy of excited yaps

7）　　afterwards, saying that **one** of the crew would assist us

8）　　for a cottage, an empty **one** , miles from anywhere, or at

1）..*yes*.... 2）............ 3）............ 4）............ 5）............

6）.............   7）.............   8）.............

習題 5B（5.3）

判定 a 或 the 是否與下列序數詞連用。第一題已經為你做好了。

1）Tell me ...<u>the</u>... first thing that comes into your head.

2）There was .... second answer to this question.

3）Three of the pilots landed safely, but .... fourth was killed.

4）I saw two large dogs and then .... third one, even larger, appeared.

5）On .... second day of our holiday we all fell ill.

習題 5C（5.4、5.5、5.6）

用句末的百分數構成倍數或分數。第一題已經為你做好了。

1）That was ....<u>three times</u>............ the number of people we
   expected.（300%）

2）Only ....<u>a/one quarter/fourth</u>............ of the population is eligible to
   vote.（25%）

3）You need to cut out about .... of the
   text.（10%）

4）He's about .... her size.（200%）

5）..................................... the time you're asleep.（50%）

6）That's .... the amount you said it would
   cost.（500%）

7）About .... of our money is spent on
   food.（20%）

習題 5D（5.6）

下列含有 half 的句子哪些是正確的。哪些正確句子的意思是一樣的？將答案寫在
下面的橫線上。

1）When we arrived, they had drunk half a bottle.

2）When we arrived, they had drunk half of the bottle.

3）When we arrived, they had drunk half the bottle.

4）When we arrived, they had drunk one half-bottle.

5）When we arrived, they had drunk half of bottle.

6）When we arrived, they had drunk one half of the bottle.

7）When we arrived, they had drunk a half of the bottle.

8）When we arrived, they had drunk a half-bottle.

9）When we arrived, they had drunk half bottle.

將正確句子的序號寫在這兒。...

現在將正確句子依據意義分成組。

....

6 說明某物的量或數

習題 6A（6.1）

判定劃線的名詞短語應該帶 some 還是不帶限定詞。劃掉錯誤的選項。第一題已經為你做好了。

1）People/~~Some people~~ have inhabited Australia for thousands of years.

2）I would like to ask you questions/some questions.

3）Forests/Some forests have been completely destroyed in the last few years.

4）Cars/Some cars, if not most, now run on unleaded petrol.

5）Dogs/Some dogs are the best company for old people.

6）I like milk/some milk, whether it's cold or warm.

習題 6B（6.1、6.2）

觀察下列檢索行中的時間表達式，判定some是否表達較大數量。如果是，在下面的空格處寫上 yes；如果不是，則寫上 no。第一題已為你做好了。

1） see it continuing for **some** months to come. Unless, that

2） nothing this morning. **Some** days I don't have much to do

3） will not be known for **some** time because of their habit

4） will need a doctor at **some** time. So in any average city

5） salad appeared to be **some** days old. There were ten or

1) .yes.... 　2) ....　3) ....　4) ....　5) ....

習題 6C（6.1、6.2）

將下列句子按照 some 的發音填入正確的一行中。第一題已經為你做好了。

/səm/：...

/sʌm/：...........\..

1) They live some forty miles away from here.

2) You'll find some adverts for cars in the local newspaper.

3) I've run out of salt. I was wondering if you could let me have some.

4) We need some new ideas.

5) Some man wants to talk to you.

6) Some of you might not agree with what I am going to say.

習題 6D（6.1、6.3）

將 some 或 any 填入下列句中。第一題已為你做好了。

1) Do you have ...any... idea of how much damage you've done?

2) I'm afraid we haven't got .... milk.

3) You've found .... of the money, haven't you?

4) You can try, but I doubt whether .... of you will succeed.

5) I'll deal with .... problems that arise.

6) Shall we go and get .... lunch?

7) There's hardly .... ice in the fridge.

8) I'm afraid I haven't just lost .... of the money; I've lost it all.

9) He went off without taking .... clothes at all.

習題 6E（6.3）

觀察下列每一個句子，其劃線部份表達一種可能發生的事件或存在的情形。說話者在暗示事件或情形可能發生或存在嗎？用 yes 或 no 回答。第一題已為你做好了。

1) If <u>you have found some money</u>, you should tell the police. ....yes........

2) Have <u>they broken any rules</u>?.....................

3) Have <u>some of your friends been in here</u>?.....................

4）If there is any problem, let me know. ....

5）Would you like some coffee?....................

6）You should inform us about any accidents you have. ....

習題 6F （6.4）

判定下列句子需填入 no、not 或 none。第一題已經為你做好了。

1）I have absolutely .....no..... idea.

2）............. of the authors were present.

3）We are accepting .... more applications.

4）The dog got all the meat; the cat got ....

5）I'm .... a fool, you know.

6）He's a nice boy but he has .... got any friends.

7）............. money was ever found.

7 說明某物的全部

習題 7A （7.1）

下列帶 all 的句子哪些是正確的？將序號寫在下面橫線上。

1）All the money will be useless soon.

2）All money will be useless soon.

3）The money will all be useless soon.

4）All of money will be useless soon.

5）All of the money will be useless soon.

6）The money all will be useless soon.

哪些是正確的句子？..

正確句子中的哪一個與其他所有句子的意思不一致？......................................

習題 7B （7.1、7.2）

將 all、all the、all of 或 all of the 填入下列句子中。在某些句子中可能性不只一種。第一題已為你做好了。

1）Our friends have ....all................... called to thank us.

2）According to most religions, ... violence is wrong.

3）No one can tell you .... answers to life's problems.

4）This is a film for .... family.

5）................................... us will remember you.

6）I've worked hard .... my life.

7）We will .... miss you.

8）You had better forget .... this.

9）I've been trying to call you .... day.

10）In .... fairness, you have to admit she's right.

習題 7C (7.1)

確定 all 隨位於前面的或後面的名詞還是代詞連用。把正確的詞圈起來。第一題已經為你做好了。

1）We are all heroes now.

2）They hate all snakes.

3）The owners are all members of the club as well.

4）We told him all our plans.

5）We have all sorts of oils for sale.

6）I gave them all money.

習題 7D (7.1)

在下列句子中，all 後接的是關係從句。判定 all 表達 the only thing 還是 everything 的意思。將答案寫在空格處。第一題已經為你做好了。

1）All we can do is wait and see . ...the only thing......

2）All they have to do is turn up and vote . ...

3）Almost all we teach is useful . ...

4）She enjoyed all that was good in life . ...

5）In some circumstances this is all that is required . ...

6）All I could think of was how she died . ...

7）He'll be surprised when I tell him all that has been going on . ...

習題 7E (7.1、7.2)

判定 all 隨位於前面的代詞還是後面的介詞一起用。把隨它一起用的詞圈起來。第一題已經為你做好了。

1) I found them all (over) the floor.

2) We were all down the pub.

3) He spilt wine all down my dress.

4) They are all round the corner waiting for you.

5) Put them all on the table.

6) We danced all through the night.

習題 7F (7.3)

觀察下列句子，判定 all 是否為表達式的一部份。如果是，就將整個表達式圈起來，如果不是，則僅把 all 圈起來。第一題已經為你做好了。

1) He got the answers (all) right.

2) After all the fighting, they are taking a rest now.

3) I don't like him at all.

4) Above all, you must be careful.

5) All in all, it wasn't a bad party.

6) She can do what she likes. After all, she is the owner of the place.

7) You can buy newspapers at all kiosks.

8) I owe them $5,000 in all.

習題 7G (7.4)

觀察下列各對帶 all 和 whole 的句子，判定每對是否表達相同的意思。在習題下方的空格上寫上 same 或 different。第一題已經為你做好了。

1) a) The whole world is watching.
   b) All the world is watching.

2) a) The trip will last a whole day.
   b) The trip will last all day.

3) a) The party lasted the whole night.
   b) The party lasted all night.

4) a) Did you watch the whole of the film?

　　b) Did you watch all the film?

5) a) Whole villages were destroyed to build the motorway.

　　b) All the villages were destroyed to build the motorway.

　1) ..same.　2) ....　3) ....　4) ....　5) ....

習題 7H (7.5、7.6)

判定 all 或 every 可否用於下列空格中。第一題已經為你做好了。

1) ...Every.... human being has a right to happiness.

2) The policeman took down .... of her details.

3) The teacher criticizes his .... idea.

4) It's so hard to decide; I like them ....

5) .... doctors make mistakes.

6) She's eaten .... one.

習題 7I (7.7、7.8)

判定 each 或 every 可否用於下列空格 (注意在有些句子中兩者均可用)。第一題已經為你做好了。

1) He falls in love with almost ...every.... woman he meets.

2) They set fire to .... of the huts.

3) They .... need a lot of help.

4) .... day he gets up at five to feed the pigs.

5) .... third marriage ends in divorce.

6) I bought ten cassettes and there was a problem with ....

7) .... one of us knows what needs to be done.

8) .... side thinks it will win the battle.

8 說明某物的很大數量或數目

習題 8A (8.1、8.2、8.3)

確定下列句子應該用 much 還是 many。第一題已經為你做好了。

1）....Much...... of the building was destroyed.

2）................. people would disagree with you there.

3）I saw .... of my old classmates at the reunion.

4）We haven't got .... but you're welcome to share it.

5）There is still .... work to be done.

6）He has .... influence with .... politicians.

7）There hasn't been .... news of the hostages.

8）He has some friends but not ....

習題 8B（8.1、8.8）

用 much 或 many 構成疑問句來詢問更準確的信息。第一題已經為你做好了。

1）'She has lots of money.'—'How .....much...?'

2）'London has lots of theatres.'—'How ....?'

3）'We'll need a lot of time to finish the job?'—'How ....?'

4）'We've sold loads of furniture today.'—'How ....?'

5）'There are still tons of items unsold.'—'How ....?'

6）'Don't worry, there's plenty of food.'—'How ....?'

習題 8C（8.2、8.3）

說出下列句子中 much 和 many 的用法是否為正式語體。如果是，寫上 yes，否則，寫上 no。第一題已經為你做好了。

1）We have so <u>many</u> bright young people who can't find jobs. ......no......

2）This misunderstanding has led to <u>much</u> trouble. ....

3）I haven't seen very <u>many</u> petrol stations since we started. ....

4）How <u>much</u> money do I owe you?. ....

5）For <u>many</u> his style is too simple. ....

6）I'm afraid there isn't <u>much</u> hope left. ....

7）Is there <u>much</u> point in going on?. ....

8）I have seen too <u>many</u> similar cases to be surprised. ....

9）<u>Much</u> depends on the weather on the day. ....

10）<u>Much</u> of her life was spent in hospitals. ....

11) Take as <u>many</u> as you need. ....

12) <u>Many</u> of the supporters were dressed in red. ....

習題 8D (8.7)

判定下列句子中的 more 和 most 是限定詞（修飾名詞）還是副詞（修飾形容詞）。
第一題已經為你做好了。

1) We had <u>more</u> good news today. ...*determiner*...

2) They possess some of the <u>most</u> advanced technology in the world.
   ....

3) <u>Most</u> intelligent people realize their limitations. ....

4) We're waiting for <u>more</u> favourable conditions before we buy.
   ....

5) Suddenly we saw even <u>more</u> red flags. ....

6) That's a <u>most</u> interesting theory. ....

9 說明某物的很小數量或數目

習題 9A (9.1、9.3)

寫話者在這些句子中的態度是甚麼？否定的還是肯定的？第一題已經為你做好
了。

1) There's little hope of any survivors. ...*negative*...

2) A little constructive criticism never hurt anybody. ....

3) The little he knows is useless . ...

4) The position is little different from what it was last year.
   ....

5) Little is known about their civilization. ....

6) We danced a little and then went home. ....

7) A little of what you like can't do you any harm. ....

習題 9B (9.1)

說出下列檢索行中的 little 或 a little 用作限定詞（表示"少量的"）還是形容詞（表示"小的"）。第一題已經為你做好了。

1) felt that my rather skinny **little** body would benefit by

2) mist-covered mountains. A **little** group of Brent geese

3) was inside it. The oil had **little** effect, and though he

4) Malika called faintly, the **little** wild lonely cry that

5) birds and trying to drip a **little** blood from them into

6) from her bottle, there was **little** life in her. I wept

1) ...<u>adjective</u>...... 2) .... 3) .... 4) ....

5) .... 6) ....

習題 **9C** (9.1、9.3)

說出下列檢索行中的 little 或 a little 用作限定詞、代詞還是副詞。第一題已經為你做好了。

1) devouring the carcass; **a little** later, when the first

2) say her name and play **a little** as a kitten does, and

3) I thought she would have **little** sympathy or tolerance

4) body was at that time **a little** over a foot long, quite

5) feed them at night – **a little** surreptitiously, for it

6) strange creatures. Very **little** survives in legend from

1) ...<u>adverb</u>...... 2) .... 3) .... 4) ....

5) .... 6) ....

習題 **9D** (9.1、9.3、9.4)

在下列句子中填入 a little 或 a few。第一句已經為你做好了。

1) I've still got .....<u>a little</u>...... water left.

2) .... of the cars were untouched by the fire.

3) Here and there, ... people wandered about the square.

4) .... later, the door opened and he came out.

5) I can let you have .... bit of the money now.

6) .... hours later, we realized we had been robbed.

7) We only know .... about them.

8) .... escaped, but most died in the battle.

習題 9E (9.2、9.5)

用 less 或 fewer 來否定下列陳述句。第一題已經為你做好了。

1) 'We've got more food.'—'No, I'm afraid we've got ....*less*. food.'

2) 'There are more people than last time.'—'No, I'd say there are ....'

3) 'We need more information all the time.'—'I disagree. We need .... information.'

4) 'I think there are more students this year than last.'—'Really? I'd say there are ....'

5) 'On holiday I always seem to eat more.'—'Well, you really should eat ....'

10 表示兩者

習題 10A (10.1)

在下列句子中填入 both 或 both of。有時兩個都可填入。第一題已經為你做好了。

1) The rules apply to ....*both/both of*............ the games.

2) We are .... studying Japanese.

3) You can have your cake, or you can eat it, but you can't do ....

4) .... these countries have a long history of tolerance.

5) .... women have made successful careers.

6) I hear he hates .... them.

7) In this exercise sometimes .... the possibilities are correct.

習題 10B (10.1、10.2)

在下列句子中填入 both 或 either。第一題已經為你做好了。

1) If ...*either*... of them wins it will be a disaster.

2) I'll buy .... toy for you, but not ....

3) I'm afraid we lose .... way.

4) .... of them are too expensive.

5) I am very grateful to .... of you.

6) The audience was not impressed by .... singer.

11 其他限定詞和數量詞

習題 11A (11.2)

將括弧中的詞按正確的詞序填入空格中。第一題已經為你做好了。

1) Are you sure there's .....*enough money*.....?(enough/money)

2) She .... to give him all her money.(enough/cared)

3) It's .... to escape any police car.(enough/quick)

4) Give me .... and I'll finish the job.(enough/time)

5) Do we have ....?(enough/boxes/red)

6) It was a ...., but it didn't work.(enough/clever/idea)

習題 11B (11.3)

在空格中填入 such 或 such a。第一題已經為你做好了。

1) He's .....*such a*..... fool.

2) The trouble with .... furniture is that it breaks too easily.

3) .... problems should be ignored.

4) You should think for a while before making .... difficult decision.

5) It's dangerous to have .... long hair.

習題 11C (11.4)

在下列句子中填入 what 或 what a。第一題已經為你做好了。

1) .....*What*..... fools they are!

2) .... lovely long hair you have.

3) .... day I've had!

4) .... anger we saw in her face!

5) .... beautiful sunset.

6）................. fool did that?

習題 11D（11.5）

確定在下列每個句子中可否用 rather 來代替 quite。

在句末的空格處寫上 yes 或 no。第一題已經為你做好了。

1）You have to admit he's <u>quite</u> a speaker . ....*no*.....

2）It was <u>quite</u> a shock when we saw them standing at the door. ....

3）That's <u>quite</u> a decision you've got to make. ....

4）I'm afraid they made <u>quite</u> a fuss about it. ....

5）That was <u>quite</u> a party we went to last night. ....

6）They are <u>quite</u> well-known. ....

7）I've had <u>quite</u> a day. ....

總練習

這些習題用於總結全書的要點。它們覆蓋所有章節中的內容。

習題 12A

說出下列每個句子是否顯得正式。如果是，寫上 yes，否則，寫上 no。第一題已經為你做好了。

1) Much remains to be done. ......*yes*.........

2) All will be revealed in time. ....

3) Neither had brought any money. ....

4) I haven't seen much of them lately. ....

5) All those who wish to leave should do so now. ....

6) This is a luxury for the few. ....

7) All I can say is 'thank you'. ....

8) I found some of the mistakes but many still remain. ....

習題 12B

劃去不正確的（複數或單數）動詞形式。第一題已經為你做好了。

1) Every student has/~~have~~ another chance to pass the exam.

2) If either of the children fails/fail the exam, it will be a disaster.

3) Most of the money was recovered, but some is/are still hidden.

4) Of the flats we've seen so far, all is/are too expensive.

5) Each of them was/were allowed to make one mistake.

6) Neither has/have a chance of winning.

7) Any one of them is/are a potential murderer.

8) No answer is/are completely correct.

9) Some wants/want to be rich, others happy.

10) Many a crime is/are committed out of need.

習題 12C

將括弧中的限定詞按正確的詞序填入空格中，但某些限定詞無法組合在一起。在這種情況下，可在空格中間劃一橫線。第一題已經為你做好了。

1) She caters to ....his every.... wish.(every/his)

2) .... buildings should be destroyed.(all/these)

3) This meal is .... specialty.(a/my)

4) .... families will try to stop us.(both/our)

5) .... time he doesn't know what he's doing.(half/the)

6) Out of .... friends we made, we'll miss Barbara and John the most.(many/the)

7) You must make the most of .... chance.(a/such)

8) We've had .... discussion on this topic.(a/many)

9) .... ideas they've used were in fact all his.(many/the)

10) .... minutes we heard the sound of an aeroplane.(every/few)

11) There have been .... attempts to frighten us.(many/such)

12) Is that .... amount to cover the costs?(an/enough)

13) Over .... months we saw very little of them.(several/these)

習題 12D

判定下列空格是否應該加 of。如果 of 是任意的，將它用括弧括起來。第一題已經為你做好了。

1) You can fool some ...of.... the people.

2) Many .... the answers were wrong.

3) All .... the speakers were excellent.

4) If enough .... the workers protest, the bosses will have to give in.

5) Both .... the sides played well, but only one could win.

6) There is a fire in each .... the rooms.

7) None .... the applicants has the necessary qualifications.

8) Half .... those eggs you sold me were rotten.

習題 12E

說出下列每對句子的意思相同還是相異。第一題已經為你做好了。

1) a) We all agreed that we would meet again.

b) All of us agreed that we would meet again.

2) a) They each promised to come.

   b) Each of them promised to come.

3) a) The club much appreciates what you have done.

   b) Much of the club appreciates what you have done.

4) a) You both knew what you were getting into.

   b) Both of you know what you were getting into.

5) a) They half understood the new situation.

   b) Half of them understood the new situation.

1) .....same..... 2) .... 3) .... 4) .... 5) ....

習題 12F

將 all、each 或 both 填入下列句子中的最佳處。第一題已經為你做好了。

1) We .... have ......all....... been .... thinking about you a lot. (all)

2) I love .... you .... (both)

3) He's ambitious, but we .... are .... (all)

4) He gave .... them .... some sweets................. . (each)

5) The boys .... are .... being .... awkward. (both)

答案

習題 2A

2) Mine
3) my
4) mine
5) my

習題 2B

2) the
3) –
4) the
5) the
6) –

習題 2C

2) Their defeat
3) Our appearance
4) her illness
5) your help
6) his appointment
7) their arrival
8) Your presence

習題 2D

2) own
3) –
4) own
5) –
6) own

習題 3A

2) this
3) these
4) those
5) This
6) that
7) this
8) That
9) that
10) this

習題 3B

2) feeling
3) time
4) space
5) feeling
6) text
7) text

8) time

習題 3C

2) claim
3) problem
4) belief
5) idea

習題 3D

2) yes
3) no
4) no
5) yes
6) no
7) no
8) yes
9) yes

習題 4A

2) what
3) Which
4) what
5) which
7) What
8) which

習題 4B

2) which
3) which
4) Which films
5) which experts
6) which

習題 4C

2) Whose book did she find?
3) whose money had run out
4) most of whose players come
   from abroad
5) whose story we believe
6) whose car damaged yours

習題 4D

正確答案是：
2) which
3) whatever
4) Whichever
5) what

6) Whichever
7) whatever

習題 5A

2) no
3) no
4) yes
5) no
6) no
7) yes
8) no

習題 5B

2) a
3) the
4) a
5) the

習題 5C

3) a tenth OR one tenth
4) twice（OR double）
5) Half OR Half of（OR A half
   of OR One half of）
6) five times
7) a fifth OR one fifth

習題 5D

除 5 和 9 以外，其他都是正確
的。它們可歸類成下列三種不
同意思：
a) 2, 3, 6, 7
b) 4, 8
c) 1

習題 6A

正確答案是：
2) some questions
3) Some forests
4) Some cars
5) Dogs
6) milk

習題 6B

2) certain
3) quite a lot of
4) certain
5) quite a lot of

答案

習題 6C

/səm/: 2, 4
/sʌm/: 1, 3, 5, 6

習題 6D

2) any
3) some
4) any
5) any
6) some
7) any
8) some
9) any

習題 6E

2) no
3) yes
4) no
5) yes
6) no

習題 6F

2) None
3) no
4) none
5) not
6) not
7) No

習題 7A

除 4 和 6 以外，其他都是正確的。其中 2 與其他的意思不同。

習題 7B

2) all
3) all the OR all of the
4) all the OR all of the
5) All of
6) all OR all of
7) all
8) all OR all of
9) all OR all the OR all of the
10) all

習題 7C

2) snakes
3) owners
4) plans

5) sorts
6) them

習題 7D

2) the only thing
3) everything
4) everything
5) the only thing
6) the only thing
7) everything

習題 7E

2) We
3) down
4) They
5) them
6) through

習題 7F

2) all
3) at all
4) Above all
5) All in all
6) After all
7) all
8) in all

習題 7G

2) different
3) same
4) same
5) different

習題 7H

2) all
3) every
4) all
5) All
6) every

習題 7I

2) each
3) each
4) Every OR Each
5) Every
6) each
7) Each OR Every
8) Each

習題 8A

2) Many
3) many
4) much
5) much
6) much influence, many politicians
7) much
8) many

習題 8B

2) many
3) much
4) much
5) many
6) much

習題 8C

2) yes
3) no
4) no
5) yes
6) no
7) no
8) no
9) yes
10) yes
11) no
12) no

習題 8D

2) adverb
3) determiner
4) adverb
5) determiner
6) adverb

習題 9A

2) positive
3) negative
4) negative
5) negative
6) positive
7) positive

習題 9B

2) adjective
3) determiner
4) adjective

5) determiner
6) determiner

習題 9C

2) adverb
3) determiner
4) adverb
5) adverb
6) pronoun

習題 9D

2) A few
3) a few
4) A little
5) a little
6) A few
7) a little
8) A few

習題 9E

2) fewer (OR less)
3) less
4) fewer (OR less)
5) less

注意，態度嚴謹的英語人士可能不接受在 2 和 4 中使用 less。

習題 10A

2) both
3) both
4) Both OR Both of
5) Both OR Both of the
6) both of
7) both OR both of

習題 10B

2) ... either toy ... but not both.
3) either
4) Both
5) both
6) either

習題 11A

2) cared enough
3) quick enough

4) enough time (OR time enough)
5) enough red boxes
6) clever enough idea

習題 11B

2) such
3) Such
4) such a
5) such

習題 11C

2) What
3) What a
4) What
5) What a
6) What

習題 11D

2) yes
3) no
4) yes
5) no
6) yes
7) no

總練習

習題 12A

2) yes
3) yes
4) no
5) yes
6) yes
7) no
8) yes

習題 12B

正確答案是：
2) fails OR (informal) fail
3) is
4) are
5) was OR (informal) were
6) has
7) is

8) is
9) want
10) is

習題 12C

2) All these
3) –
4) Both our
5) Half the
6) the many
7) such a
8) many a
9) The many
10) Every few
11) many such
12) –
13) these several

習題 12D

2) of
3) (of)
4) of
5) (of)
6) of
7) of
8) (of)

習題 12E

2) same
3) different
4) same
5) different

習題 12F

2) I love you both.
3) ... but we all are.
4) He gave them each some sweets.
5) The boys are both being awkward.

索引

本書中討論的詞項（單詞和短語）用**粗體**表示。標題用中粗字體表示，詞類和語法術語用普通字體表示。參考數字指的是頁碼而不是章節。部份頁碼加粗是向讀者提示最重要的參考章節，此處可找到所示單詞、短語或標題的詳盡討論。